華文現代詩鑑賞

林泉、李怡樂、和權——著

前言

一九八七年，由林泉、陳一匡、陳和權、李怡樂發起組織「現代詩研究會」。繼而，在《聯合日報》定期出版「萬象詩刊」，由陳和權主編，風雨無阻廿年。期間，「現代詩研究會」以叢書形式，出版了：

《菲律濱萬象詩選》（萬象叢書之一）李怡樂、林泉等着
《論析現代詩》（萬象叢書之二）李怡樂、林泉、和權合着
《樹的信仰》（萬象叢書之三）林泉着
《落日藥丸》（萬象叢書之四）和權着
《心中花園》（萬象叢書之五）林泉着
《視野》（萬象叢書之六）林泉着

萬象叢書之一《菲律濱萬象詩選》，由香港銀河出版社出版，並由北京華僑出版公司再版。此書收入「現代詩研究會」廿五位活躍於詩壇的菲華詩人的作品。廿五位詩人分別是：

一樂、小藍、心宇、王勇、白雁子、林泉、林健民、明澈、和權、若艾、南根、浪村、夏牧、夏默、陳一匡、寒松、雲鶴、楚復生、葉若迅、蒲公英、瑋松、劍虹、鄭麗玲、曉陽、謝馨等。

正如「序言」裡林泉所言，「我們的一群，相互提挈，顧己及人。朝向現代詩途徑，不排斥異己。自己的成就，就是本會的成就，菲華詩壇的成就。」

萬象叢書之二《論析現代詩》收入「中國寫作學大辭典」，附有三位詩人的小傳。

萬象叢書之三《樹的信仰》榮獲台灣僑聯總會華文着述獎。

萬象叢書之四《落日藥丸》，詩作「落日藥丸」選入香港《奇詩怪傳》，同年此詩集，榮獲台灣「中興文藝獎」，獲獎章壹枚，並頒獎金。

《華文現代詩鑑賞》是李怡樂、林泉、和權於上世紀八十年代至今，選取報章、雜誌及詩刊上的好詩詳加論析的文章結集。增添且充實了《論析現代詩》；是迄今菲華詩壇，唯一給現代詩愛好者，提供鑑賞方法和研究詩藝的書。

收入此書的論析文章，有別於一般的詩評論。作者對詩篇主題思想的表達、寫作技巧的運用，進行全面深刻地逐行逐句分析，且以其獨到的見解，用通俗、簡明的文字，讓讀者理解，接受現代詩中的某些「不合常理」。書中沒有艱深的理論，只有作者的經驗之談；沒有艱澀的術語，只有明白易懂的詞句。因此，也可以說，這是一本讀詩、寫詩時很實用的參考書。

綜觀全書，對於創作詩和賞析詩，大致可概括幾個觀點：

＊傳統詩詞是我國詩學的珍貴遺產，可供發展現代詩的借鏡。

＊創作詩——要做到筆墨精鍊，意象清新，意境含蓄。
＊欣賞詩——要動用讀者平素修養的學識、生活經驗，還需投入與詩人創作時一樣的真情實意。

和權有首精鍊的短詩：

眼　鏡

眼前的一切
都看得
清清
楚楚

只要
透過厚厚的
智慧

非常希望，此書能成為讀者鑑賞現代詩的智慧眼鏡。

菲華現代詩研究會

目次

和權

林泉

林泉，本名劉德星。曾以秋谷、江楓等筆名發表作品。原籍福建思明。亞南遜大學化學工程學士，寰球詞苑苑士，現代詩研究會發起人之一，萬象詩刊編委之一。曾獲：台灣葡萄園詩社第一屆新詩獎（一九六五）、菲律濱中正文化獎金文藝創作獎（一九七三）、台灣僑聯總會文藝創作華文着述獎首獎（一九九〇）。着有現代詩集：《窗內的建築》（一九六七）、《心靈的陽光》（一九七二）、《樹的信仰》（一九八九）、《視野》（一九九七）及《林泉文集》，廈門鷺江出版社出版（二〇〇〇）；散文：《心中花園》（一九九五）。另有與一樂、和權合着的詩評集：《論析現代詩》（一九八八）。詩詞集：《梧桐詩詞集》（二〇〇〇）。

舊詩中的現代意識

不久以前，我曾經聞見有人這麼說過：所有的舊詩，都不是詩，只是一些韻文。乍聽不覺令人驚訝，後來慢慢加以思考，總以為那人的確過於武斷，而不詳實探討。以某一部份的缺失，而牽連到所有的舊詩，未免太過不公平了。

或者那人，對於舊詩深厚傳統，根本認識不夠，跟在他人背後搖旗吶喊，由是形成錯誤而不自知。或者自知錯誤，而故意這麼說，以顯示自己已有前衛的反傳統精神。

其實無論新詩或現代詩，除借鏡西洋詩外，或多或少都有吸收傳統的養分。甚至素以現代精神着稱的詩人羅門，最近在〈時空奏鳴曲〉中，竟直接引用舊詩創作，有以下數句：「從『黃河入海流』，飲到『孤帆遠影碧空盡』。從『月湧大江流』，飲到『野渡無人舟自橫』。」余光中的〈贈斯義桂〉亦有這樣兩句「偏是落花的季節又逢君，海景縱好非江南的風景。」係脫胎自杜甫的〈江南逢李龜年〉詩中後兩句：「正是江南好風景，落花時節又逢君。」沒有根鬚能夠憑空生長，在吸收傳統養分後，將消化而釀成的清新血液，然後注入現代脈搏之中。詩人余光中似乎曾經這麼說過「反傳統文學青年的口號而已。」

反傳統的詩，就是反對全部的傳統文學。詩是傳統文學的主流。除了散文，駢文而外，白話小說，在傳統中，是不被列入文學之林的。白話小說被稱為文學，還是最近幾十年來的事。

我無意為舊詩辯護。先簡單舉例證明舊詩詞也是詩，而非韻文。之後再略探討舊詩中的現代意識，以見舊詩仍有可供借鏡的地方。

試看杜甫〈秋興〉第一首中的一聯：「叢菊兩開他日淚，孤舟一繫故園心。」觸景生情，叢菊已開了兩次，猶往日垂淚。孤舟飄泊，直繫着故園的心。又看女詞人李清照的〈武陵春〉最後兩句：「只恐雙溪舴艋舟，載不動許多愁。」愁是作者自己的愁。小舟載得動作者，卻載不動愁，愁亦有重量。故作癡語，有抽象的傾向。以上兩聯詩詞的句子，你總不能說這不是詩吧！似此實例，不勝枚舉，在下面探討中，隨處可以見到的。

王維的詩，向來以有禪意着稱。至於他的五言律詩〈使至塞上〉中的五六兩句：「大漠孤煙直，長河落日圓。」頗具有現代繪畫的趣味。乍讀「孤煙直」似無情理，但你閉上眼睛默思，設想在大漠上，一條孤煙裊裊昇起，遙觀那個形象，便容易給人有一條直線上昇的感覺，那就是詩人的直覺。再加上「長河落日圓」，那不是一幅饒有現代意味的圖案畫嗎？人家皆知道王維〈詩中有畫〉，但卻不知道他詩句所描繪的，乃具有圖案的現代意識。岑參的一首七言絕句〈虢州後亭送李判官〉首句：「西原驛路掛城頭。」也頗具現代趣味。「西原驛路」如何能掛在城頭呢？這是詩人岑參的直覺，從某一角落，或某一角度觀看，眼中的畫幅的確如此。可謂極其真實，也極其荒謬。然而這是現代意識的詩句，且具有超現實的傾向。

舊詩中，還有一種詩，自眼前真景，啟悟出畫理，而那畫理正吻合現代繪畫。韋承慶的〈凌朝浮江旅思〉中的兩句：「山遠疑無樹，潮平似不流。」乃最明顯的例子。陶翰的〈新安江行〉，也有畫理的啟示。如以下的一聯：「雪晴山脊見，沙淺浪痕交。」字句鮮明，不須加以闡釋，便可以看出一幅畫來。

中國古典文學中，沒有超現實主義這個名詞，但是其中詩句的表現，往往卻可以看到超現實的技巧。最突出的例子是，李白的樂府〈將進酒〉劈頭的兩句：「君不見黃河之水天上來，奔流到海不復回。」黃河之水，怎麼會從天上來呢？這當然是李白的直覺，不折不扣是抽象表現，且有極濃厚的超現實意味。不論你閉目，或張開眼，你總能感覺，黃河似乎自天上澎湃而來。因而「黃河之水天上來」，乃一飽滿的意象，天衣無縫，遂成為千古絕唱。王之渙的〈出塞〉首句「黃河遠上白雲間。」以及杜甫的〈秋興〉第一首第三句：「江間波浪兼天湧」。其一是說：黃河遠到了白雲間。另一是說：江間的波浪跟着天空一起洶湧起來。同樣有抽象的表現，有超現實的傾向。只是天才橫溢的李白，比起下面兩位詩人，語言較為活潑，行文速度較為輕快，毫無雕飾罷了。

王維的〈漢江臨眺〉也同樣有超現實的意象，如下面兩句：「郡邑浮前浦，波瀾動遠空。」與太白相似，用字簡潔明朗，震撼力卻極大。彷彿佇立天地外，而來靜觀這個空曠世界。杜審言的〈登襄陽城〉亦不亞於王維。詩裡有這樣兩句：「楚山橫地出，漢水接天回。」正如現代詩所欲表現的，多少能夠使人興起了宇宙的鄉愁。

中唐詩人李賀的詩，本質與超現實有一脈相通。他的詩往往借助於夢及幻想，使人置身於獨特的神秘的魔幻世界。他在〈羅浮山人與葛篇〉」中有句：「欲剪湘中一尺天。」他不大像太白水晶似的透明意象，乃經過細心雕飾，使水中天光與葛布類推比擬，造句極美，技巧特殊，有超現實意象與象徵主義的特質。至於〈秦王飲酒〉中的膾炙人口的名句：「羲和敲日玻璃聲，劫灰飛盡古今平」。他將時間與空間混為一談，而形成他的新「時間觀」，有現代詩晦澀難懂的意味。試看方瑜教授對這兩句詩的一段詮釋：「『劫』是時間範疇中的事，『平』卻是形容空間的語辭，但大劫之後，既然有灰，灰可以掃平，那麼，時間也可以像空間一樣掃之使平吧？古與今不是就沒有分別了嗎？」這就是前無古人，後無來者的李賀詩中一種奇異的「時間觀」。

在寫景詩中，具有現代技巧表現，明晰而易懂的，有如岑參的二聯詩句：「澗水吞樵路，山花醉藥欄。」「弓抱關西月，旗翻渭北風。」以及李白的「月下飛天鏡，雲生結海樓。」而情景交融的詩，呈現出或多或少的現代意識與技巧，也不乏例子。沉鬱而又明朗的，有以下杜甫的二聯詩句：「感時花濺淚，恨別鳥驚心。」「片雲天共遠，永夜月同孤。」隨手可拈的還有李白的「夢遶邊城月，心飛故國樓。」岑參的「塞花飄客淚，邊柳掛鄉愁。」梁獻的「淚點關山月，衣銷邊塞塵。」可以說俯拾即是，不勝枚舉。

傳統詩中既有這麼豐富的遺產，可供借鏡，我的確不明白，居然還有人詆毀舊詩。詩人余光中彷彿這麼說過：「現代詩豈不比唐詩矮了一截。」新詩只有幾十年歷史，在眾多現代詩人不斷努力下，除了學習西洋詩新技巧，對於優良傳統，若也能善加利用，能夠入乎傳統，而出乎傳統。入乎傳統，不為傳統所囿，出乎傳統，能夠創新。如是現代詩輝煌的一天，當指日可期。

在此，我願意抄錄一段王國維的《人間詞話》，獻給詩人們，以便知悉如何觀察人生宇宙，提昇詩觀，同時也可作為利用傳統的方法。那段詞話是：「詩人對人生宇宙，須入乎其內，又須出乎其外。入乎其內，故能寫之。出乎其外，故能觀之。入乎其內，故有生氣，出乎其外故有高致。」

試析〈夜讀東坡〉

〈夜讀東坡〉，是詩人余光中一首懷古詩，收入《隔水觀音》詩集。目前，寫這類作品的詩人不多，余光中尤為擅長。就記憶所及，最近讀到的有：洛夫的〈車上讀杜甫〉，羅智成的〈徐霞客〉及渡也的〈李賀〉等詩。此集中也收有〈湘逝〉、〈戲李白〉、〈尋李白〉、〈念李白〉及〈刺秦王〉諸詩篇。

〈夜讀東坡〉全詩共三十八行，不分段，一氣呵成。結構嚴密，首尾呼應，為一篇不可多得的傑作。全詩如下：

淅瀝瀝清明一雨到端午
暮色薄處總有隻鵓鴣
在童年的那頭無助地喊我
喊我四家去，而每天夜裡
低音牛蛙深沉的腹語
一呼群應，那丹田勃發的中氣

撼動潮濕的低空，時響，時寂
像裸夏在鼾呼。一壺濃茶
一卷東坡的詩選伴我
細味雨夜的苦澀與溫馨
魔幻的白煙嫋嫋，自杯中升起
三折之後便恍惚，咦，接上了
嶺南的瘴氣，蠻煙荒雨
便見你一頭瘦驢撥霧南來
負着楞嚴或陶詩，領着稚子
踏着屈原和韓愈的征途
此生老去在江湖，霜鬢迎風
飄拂趙官家最南的驛站
再回頭，中原青青只一線
浮在鷗鷺也畏渡的晚潮
那一望無奈的浩藍，阻絕歸夢
便是參寥師口中的苦海麼？
或是大鵬遊戲的南溟
小小的惡作劇，汴京所擺佈

可值你臨風向北一長嘯？
最遠的貶謫，遠過賈誼
只當做乘興的壯遊，深入洪荒
獨啖滿島的荔枝，絳圓無數
笑渴待的妃子憑欄在北方
九百年的雪泥，都化盡了
留下最美麗的鴻爪，令人低迴
從此地到瓊州，茫茫煙水
你豪放的魂魄仍附在波上
長吟「海南萬里真吾鄉」
蜃樓起處，舟人一齊回頭
愕指之間只餘下了海霧
茶，猶未冷，迷煙正繞着杯緣
在燈下，盤，盤，升起

東坡為北宋大詩人蘇軾的別號，字子瞻。作品不但流布中原，也為邊疆少數民族的文化人所熟悉，遠傳國外。乃弟蘇轍在〈神水館寄子瞻兄〉詩中說，「莫將文章動蠻貊，恐妨談笑臥江湖。」可見東坡文章轟動邊廷並非誇大之辭。東坡詩好，詞亦好。散文功力亦深，同韓愈、柳宗元、歐陽修一向被稱為唐宋散文四大家。甚至書法繪畫亦無一不精。

此詩起句：「淅瀝瀝清明一雨到端午」至「像裸夏在鼾呼」句，乃寫夜景，點出「夜讀」的「夜」字。夜乃雨夜。「有隻鷓鴣，在童年的那頭無助地喊我，喊我回家去」，因為鷓鴣的啼聲，喚起童年，思及故家。

接下去以「一壺濃茶，一卷東坡的詩選伴我」起興而生懷古之情。自「細味雨夜的苦澀與溫馨」一直至「嶺南的瘴氣」句，這段以茶的「白煙」接上了「嶺南的瘴氣」，由現實到虛幻，而虛幻又如此真實。以後，就由歷史的真情，展開以下的詩句：

> 嶺南的瘴氣，蠻煙荒雨
> 便見你一頭瘦驢撥霧南來

「杯中升起」的「白煙嫋嫋」轉變為「瘴氣」及「蠻煙荒雨」，就是一種技巧，轉變得極為自然，不露痕跡，直如天衣無縫。

「負着楞嚴或陶詩」，即東坡隨身所帶心愛之物。楞嚴即楞嚴經，東坡平生最服膺陶潛，集中有不少和陶詩作，隨便舉例如：〈陶癸卯歲始春懷古田舍二首〉，〈和和陶與殷晉安別，送昌化軍使張中〉等。又將陶潛的〈歸去來辭〉改寫成〈哨遍〉的詞曲。

屈原和韓愈同為「忠言逆耳」的逐臣，東坡也一樣。所以便「踏着屈原和韓愈的征途」。「趙官家」當然指的是宋朝，「最南的驛站」指貶謫最遠的地方「霜髯迎風，飄拂趙官家最南的驛站」，既寫出東坡神情，又寫處境。真是神來之筆。

「再回頭，中原青青只一線」至「或是大鵬遊戲的南溟？」句，其中「苦海」喻無窮之苦境。楞嚴經說：「引諸沈溟，出於苦海。」「南溟」即南海。初唐王勃文：「地勢極而南溟深。」「溟」莊子作「冥」。莊子說「是鳥也，海運則將徙於南冥。」以上五行均寫遠謫，阻絕歸夢，行路艱難。

「小小的惡作劇，汴京所擺佈」，當時蔡京打着「紹述」熙寧的旗號，大搞派別傾軋，東坡被置入黨籍。

至於下一句「可值你臨風向北一長嘯？」，寫盡東坡豪放的胸懷。詞苑叢談卷一說：「蘇子瞻之作多是豪放。」由此可知東坡性格。

中唐詩人劉長卿有詩說：「賈誼上書憂漢室，長沙謫去古今憐。」所以余光中詩中說：「最遠的貶謫，遠過賈誼。」劉長卿的另一首詩說，「同作逐臣君更遠，青山萬里一孤舟。」真可為後來的東坡寫照。

「只當做乘興的壯遊，深入洪荒」這兩句詩，除了寫東坡豪放的性格，也寫他無所往而不樂。東坡在「超然台記」有如下的句子，「……日食杞菊，人固疑余之不樂也。處之期年，而貌加豐，髮之白者，日以反黑。」在篇尾又說：「以見余之無所往而不樂者，蓋遊於物之外也。」

獨啖滿島的荔枝，絳圓無數
笑渴待的妃子憑欄在北方

島乃指海南，妃子乃指楊貴妃。晚唐詩人杜牧的「過華清宮」最後兩句詩說，「一騎紅塵妃子笑，無人知是荔枝來。」

九百年的雪泥，都化盡了
留下最美麗的鴻爪，令人低迴

說的是楊貴妃事蹟。「雪泥鴻爪」乃源自東坡的詩句。東坡有首七言律詩題為〈和子由澠池懷舊〉的上半首有如下句子：「人生到處知何似，應似飛鴻踏雪泥。泥上偶然留指爪，鴻飛那復計東西。……

從此地到瓊州，茫茫煙水
你豪放的魂魄仍附在波上
長吟：「海南萬里真吾鄉」

這幾句詩，正合當時史實。紹聖四年四月，宋廷又重議東坡「草制訕謗」之罪，再貶為瓊州。瓊州，今海南島海口市。東坡集中有首詩題為「吾謫海南，子由雷州，被命即行，了不相知，至梧乃聞尚在藤也。旦夕當追及，作此詩示之」的結句有：「他年誰作與地志，海南萬里真吾鄉。」

以下這二行：

蜃樓起處，舟人一齊回頭
愕指之間只餘下了海霧

正好呼應前面的：

嶺南的瘴氣，蠻煙荒雨
便見你一頭瘦驢撥霧南來

此詩最後二行：

茶，猶未冷，迷煙正繞着杯緣
在燈下，盤，盤，升起

一樣呼應着篇首的「一壺濃茶」。
全詩便在這麼嚴密的結構之中，首尾互相呼應裡終篇。

試釋余光中的〈不忍開燈的緣故〉

這是詩人余光中在齋中讀杜詩，而感興的詩篇。他的感觸，與唐朝杜甫在詠懷古跡詩中的「悵望千秋一灑淚，蕭條異代不同時」有極相似的情懷。而在另一首詠懷古跡的結句：「庾信平生最蕭瑟，暮年詩賦動江關。」詩裡老杜以庾信自況。余光中此詩，卻以老杜自況。余光中詩中常常有此種自許，而且自信。即是在他的抒情散文〈蒲公英的歲月〉，亦有如下數句：「他以中國的名字為榮。有一天，中國亦將以他的名字。」

有一天或將來，雖是那麼渺茫。但詩人的自豪畢竟有別於塵俗的自矜。如杜甫的「名豈文章着」，以及「語不驚人死不休」，多少總帶有一份自矜的語氣。非但不會使人厭惡，卻通常會給人一種豪邁的感覺。

「文章千古事，得失寸心知。」杜甫有此自信，余光中亦有此自信。可是杜甫的詩，在當代並不太受推崇。唐人詩選，多不選入他的詩。莫怪韓昌黎要這麼感歎：「李杜文章在，光燄萬丈長。不知群兒愚，何用多毀傷？」李白的詩，當時推崇亦不多。都須要經過一大段時間，始得到後代的認可擁戴。可見蓋棺的當時，亦難論定。

現在再轉過來，試釋余光中的詩。他的全詩如下：

不忍開燈的緣故

高齋臨海，讀老杜暮年的詩篇
不覺暮色正涉水而來
蒼茫，已侵入字裡和行間
一抬頭吐露港上的暮色
已接上瞿塘渡頭的晚景
淺淺的一盞竹葉青
炙暖此時向北的心情
想雉堞陡峭，憑眺的遠客
砧杵聲裡，已經五旬過半了
正如此際我驚心的年齡
不信他今年竟一千多歲了
只覺他還在迴音的江峽
後顧成都，前望荊楚
亦如我懸宕於潮來的海峽
天地悠悠只一頭白髮
凜對千古的風霜，而這便是

當薄薄的灰色漸稠漸密
在變色的暮色裡我遲遲
不忍一下子就開燈的緣故

全詩十九行，不分段，一氣呵成。筆勢不像樂府中李白的豪邁明快，卻有杜甫近體詩的沉鬱頓挫的節奏。雖是用現代表現技巧，但每句詩都清晰可解，沒有晦澀弊病，有古典深厚的筆觸。

「高齋臨海」，書齋當是在山上，俯臨下面的海洋。第二三句中「不覺暮色正涉水而來……」，指出「讀老杜暮年的詩篇」，時間正當入夜。

「一抬頭吐露港上的暮色，已接上瞿塘渡頭的晚景」。這兩句詩，靈感係得自杜甫〈秋興〉第六首的劈頭兩句：「瞿塘峽口曲江頭，萬里風煙接素秋。」「港上」指的應是香港，由此時此地，而臆想到當時，杜甫在夔府望京華的景況，與自己正無差別。

「淺淺的一盞竹葉青，炙暖此時向北的心情。」正是杜甫「每依北斗望京華」的心情。

「想雉堞陡峭，憑眺的遠客，砧杵聲裡，已經五旬過半了。」是詩人描寫當年的杜甫。而杜甫在秋興八首裡，有這樣的詩句：「寒衣處處催刀尺，白帝城高急暮砧。」還有「山樓粉堞隱悲笳。」可以作為古今先後互相輝映。

「已經五旬過半了」是杜甫那時的年齡。也是余光中此時的年齡。所以他說，「正如此際我驚心的年齡。」

「不信他今年竟一千多歲了。」盛唐的杜甫時代，距今已有一千兩百年。「他」當然是指杜甫。一千多歲，乃如今杜甫的年齡。

冥冥中，詩人余光中感覺到杜甫還在江峽。於是接下去他寫：「只覺他還在迴音的江峽。」「後顧成都，前望荊楚。」那時，杜甫已離開成都浣花溪畔的草堂，所以說「後顧」。「前望荊楚」，乃杜甫將未到的地方。而那時，「亦如」現在詩人余光中「懸宕於潮來的海峽。」

「天地悠悠只一頭白髮」，這一詩句，語已與杜甫雙關。所以可作描畫自己，亦可作描畫杜甫。「一頭白髮」，是杜甫時常入詩的意象。隨意可舉兩聯，有如〈春望〉中的「白頭搔更短，渾欲不勝簪。」還有：〈公安送韋二少府匡贊〉中的「時危兵革黃塵裡，日短江湖白髮前。」以及〈秋興〉末章結句：「白頭吟望苦低垂。」而「天地悠悠」容易使人想起陳子昂〈登幽州台歌〉的「念天地之悠悠，獨愴然而涕下。」也令人想起杜甫：〈旅夜書懷〉的「飄飄何所似，天地一沙鷗。」

讀到踵接下去的「凜對千古的風霜」，至此全篇讀老杜詩詠懷的心境，完全呈現出來。因人事，因世亂，離鄉去國。古往今來，時間儘管異代不同，而襲人的風霜，卻是一樣千古不易。那樣的處境，那樣的心情。「當薄薄的灰色漸稠漸密，在變色的暮色裡……」這就是為什麼我們的詩人「遲遲不忍一下子就開燈的緣故」吧！

一片蒼茫之感，頓時瀰漫在讀者之間。那是令人沉緬於懷古中，還是為自己「俯仰悲身世」呢？無疑的這是一篇典型性描寫的詩篇。憂國思鄉，長年飄泊在外，騷人墨客，一介之士，任誰都有北望的難遣情懷。因為具有共同的情緒，所以寫來倍覺感人。也因之容易引起了心弦的共鳴。這，正是此詩構思與抒寫成功之處吧！

梧桐詩話

以梧桐命名詩話，饒有懷遠之意。懷念中國南方一小島，有家歸未得的遙遠鄉村。鄉村乃以梧桐為名。還有我旦夕不忘曾經蝸居的小樓；樓旁栽植的兩棵梧桐樹。每逢雨季來臨，雨水打在梧桐葉上，雨聲清晰可聞。而那點滴的聲音，有如我讀詩之後發出的餘響。

往昔，我曾經將我填寫的詞，名為「梧桐詩餘」，也就是具有同樣懷念之意。

詩話乃包括古今中外，我對詩或關於詩讀後隨感隨寫的一些痕跡。這裡所寫的，不是什麼嚴肅詩論，只是即時閃耀於腦海裡涓滴的個人見解。行雲流水，不計短長，意盡而止。

以上是算序。

以下乃我關於詩的斷章片語。

一

記得中唐詩人賈島有這麼兩句詩：「獨行潭底影，數息樹邊身。」下面自注有如下數句。「兩句三年得，一吟雙淚流。知音如不賞，歸臥故山秋。」賈島是個苦吟詩人，殆無疑問。但以這兩句詩寫作速度之慢，我想可以冠絕古今。若像李白的〈將進酒〉劈頭的幾句：「君不見黃河之水天上來……」那樣的氣勢，一讀就令人有豪邁快速的感覺。相信是不會花太多寫作的時間。相傳李白的〈清平調〉，是醉後一揮而成，此外詩才敏捷還有七步成詩的曹子健，以及八叉手而賦成的溫庭筠。然而創作急緩，卻不能決定作品的高低。

西方德語現代詩人里爾克的〈杜英諾悲歌〉斷斷續續前後寫了十年，平均每年一首，速度也不見得快。可是里爾克乃注重靈感的詩人，十年的等待與需求的痛苦，全部在數天之內崩裂了，那是一陣無以名狀的暴風雨，一陣精神的旋風。他同時又完成了〈給奧費斯的商籟〉。所以，一個人創作的快速緩慢，也不盡相同，往往因時而異。

是以，創作的速度，與作品的好壞，不能成為比例，應當以作者對創作與審慎的態度，是否嚴肅而定。而那種態度，尋常卻不能以時間快慢衡量！

二

有位詩友，給我出了一個題目，「唐朝現代詩人李白」。主題雖好，但要下筆，非細讀《李太白全集》不可。若果將這題目，轉移到中唐詩人李賀的詩及其身上，我以為亦很適宜。

李白的詩，不但意象清新，且時常具有超現實的傾向。他的想像也很奇幻，若他的〈宣州謝眺樓餞別校書叔雲〉，便有：「俱懷逸興壯思飛，欲上青天覽日月」兩句。當時欲登月球，只是一種幻想罷了。如今，科技猛進，登陸月球，早已經成為事實了。

三

一九八四年，台灣先後出版了三家年度詩選，計有爾雅版的《七十二年詩選》，前衛版的《一九八三台灣詩選》，及金文詩人坊叢刊《當代台灣詩人選一九八三年卷》三家版本，僅有三家詩作重複獲選。

這是不可思議的。難道真的是形式多變的現代詩，因為沒有定型，而沒有一定評審的準繩嗎？還是主選的人，因為對詩的觀點，角度太多，而不能採取一致嗎？抑是在劃地自限中，有不易變更的成見，而各行其是呢？

我猜疑着……

四

最近我正在閱讀《李賀詩歌集注》時，驀地有一種對詩的感想油然而生。我以為詩並無新舊，只有年代古今之分，詩的新舊，只是寫法抉擇的異同。古詩中時常可以發現創新的方法，新詩中亦往往可以讀到人云亦云的陳舊表現。所以，我說：不要因為是古詩，或是舊詩，而不肯去接近閱讀。往往可以自詩中發現新穎的表現，從而啟發新的創作方法。

清・西泠王琦琢崖氏的〈李長吉歌詩匯解序〉，有一段是這樣寫的：「……長吉下筆，務為勁拔，不屑作經人道過語，……」只此數句，便可以看出李賀是個富有創新的詩人。他的作品充滿着豐富的想像力，構思奇特，色彩濃郁，巧妙地運用多種藝術手法，造成一種變幻莫測的境界。至今讀起來，猶覺得清新可喜，輒能給你無數驚奇的感受。隨意舉出富有獨創性的詩句如下：

「飛香走紅滿天春，花龍盤盤上紫雲。」——〈上雲樂〉

「洞庭雨腳來吹笙，酒酣喝月使例行。」——〈秦王飲酒〉

「羲和敲日玻璃聲，劫灰飛盡古今平。」——〈秦王飲酒〉

「端州石工巧如神，踏天磨刀割紫雲。」——〈楊生青花紫石硯歌〉

「黑雲壓城城欲摧，甲光向日金鱗開。」——〈雁門太守行〉

「欲剪湘中一尺天，吳娥莫道吳刀澀。」——〈羅浮山人與葛篇〉

「女媧煉石補天處，石破天驚逗秋雨。」——〈李憑箜篌引〉

「衰蘭送客咸陽道，天若有情天亦老！」——〈金銅仙人辭漢歌〉

諸如此類句子，在李賀詩集中，不勝枚舉，不但富有獨創性，且富有現代精神，本質上有超現實的血緣。可以說是一位早生的現代詩人。篇章中隱含無數罕見珍異的寶藏，正等待後人挖掘發揚。

五

古往今來的詩人，能寫出好詩的，的確不少。但能同時具有偉大的性格，恐不多見。而美國詩人華特・惠特曼（Walt Whitman）就是此中的一位。

我深深的相信，
如我將一片草葉寄給人們，
人們的覆信必然是草葉蓁蓁。

從這些詩句，可以多少反映出他的性格。

六

任何藝術與文學，都脫不了模仿，尤其是詩。只要不是生吞活剝，而是經過消化吸收，成為自己養份，經過提煉，再度創造，通常是不能加以詬病的。

自古以萊，不乏成功例子。

最明顯的例子，莫過於林逋的兩句詠梅詩：

疏影橫斜水清淺，暗香浮動月黃昏。

以其能把梅花的風韻傳神出來。凡是對舊詩有涉獵的人，都知道這兩句，乃襲自江為的詩。江為的原詩：

竹影橫斜水清淺，桂香浮動月黃昏。

林逋只改易了二字，遂成為千古絕唱。可說是具有點鐵成金的手腕，而江為的詩反而湮沒無聞了。王勃於「滕王閣序」中甚為人稱讚的名句：

落霞與孤鶩齊飛，秋水共長天一色。

其實，此兩句乃脫胎自庾信的：

落花與芝蓋齊飛，揚柳共春旗一色。

然而王勃的句子更工，青出於藍，而勝於藍。至於現代，亦不乏例子。瘂弦在他的名詩〈巴黎〉，有如下的句子：

你是一個谷

……………

你是一莖草

多少得自法國詩人艾呂亞（Paul Eluard）的詩句啟示：

他們是一個谷
比單獨一莖草更溫柔

——《戰時情詩七章》第一章戴望舒譯。

瘂弦在〈巴黎〉的結句還有：

在絕望與巴黎之間
唯鐵塔支持天堂

這兩句詩，靈感亦得自艾呂亞的《戰時情詩七章》第二章的，戴望舒譯：

在絕望的巴黎上面
我們的燈支持着夜

瘂弦的詩，寫來自然，直如天衣無縫，可以說是經過慎密週思，提煉而後完成的。

余光中在〈不忍開燈的緣故〉的詩中，有這麼兩句：

一抬頭吐露港上的暮色
已接上瞿塘渡頭的晚景

深受杜甫〈秋興〉第六首劈頭兩句「瞿塘峽口曲江頭，萬里風煙接素秋」的啟發，且亦脫胎得頗為高明。

在模仿的薰陶中，若能將一己的神思注入，再加以提煉創造，而不是只憑抄襲，可說是無傷大雅！

七

不只一次，我這麼說過，許多我國古典詩，具有現代精神。這是說那些作品，不但有創造性，令人有新銳惑覺，且不為時間所淘汰。

最近我讀到一本西洋現代詩選，為Kenneth Koch與Kate Farrell所編的：《睡在翅膀上》，副題名為「現代詩選」。精選歐美名家作品。其中選有龐德（Ezra Pound）的詩七首，有三首竟然是龐德所譯李白的詩。那三首詩是：〈長干行〉、〈送孟浩然之廣陵〉、〈送友人〉。第一首是五言古詩，第二首是七言絕句，至於第三首乃五言律詩。

姑且不論龐德的譯詩如何？讀過之後，儘管有些地方，值得商榷。但在西洋人眼光下，李白的詩，仍然未失去新銳感覺。我無意為中國古典詩提昇「現代」的地位。我只是覺得，在傳統詩中，仍有一脈相承的價值。域外的詩，固然可以借鏡，在捨近取遠中，還有回頭一顧的必要。

這本詩選裡除了英美名家：惠特曼、狄瑾遜（Emily Dickinson）、葉慈（William Butler Yeats）、艾略特（Thomas Stearns Eliot）、龐德及康明思等人外，還有歐洲大陸詩人：法國的藍波（Arthur Rimbaud）、阿波里奈爾（Guillaume Apollinaire），德語詩人里爾克（R. M. Rilke），俄國的馬雅可夫斯基（Vladimir Mayakovsk）及西班牙的洛爾迦（Federico García Lorca）等人。這些都是西方着名的現代詩人，而李白的詩，乃中土一千兩百年前的作品，並列在一起，乍看起來，實在有點不可思議，但是，這足以佐證，我國古典詩深厚淵源，至今仍能立足於西方現代文學之中。

由此，使我聯想起有點兒晦澀的杜甫〈秋興八首〉，李賀有些獨創的新銳突出意象的詩，李白的樂府〈將進酒〉劈頭幾句，以及其他不勝枚舉的詩，比起選集中李白的那三首詩，的確更加具有現代意識與精神。對於一向反傳統，漠視我國古典文學的人，是否值得三思而改變其態度呢？

八

美國名詩人奧登（W. H. Auden）曾經說過：德語詩人里爾克乃一最不具政治色彩的詩人。或者可以指示他們（指英美年輕詩人），令他們知道，他們的職責是寫詩，不是搞政治。真實重要的問題，不是改變經濟制度，是改變人心。

絕大部份政治詩時過境遷，都失去其存在價值。只有返回人類存在問題的詩，才能歷久常新。

在詩篇〈原始阿波羅的殘像〉，里爾克這麼說：「你必須改變你的生活。」里爾克乃一真實的詩人，他全心全意投入於詩。卡斯納（Kassner）說：「他是個詩人，甚至在他洗手的時候。」

九

英國現代詩人湯瑪斯•哈代（Thomas Hardy）寫作初期所投出的詩篇，都紛紛被退稿。後來，他從事小說創作成名，各地編輯紛紛向他邀稿，他就把先前退回的詩稿，再度寄出，結果全都紛紛被刊出了。

我猜疑這些編輯對於這些詩稿的處理，是否因時間先後不同，而各非其非，各是其是呢？若果其間之差異，乃因知名度，則文學準繩何在？時間、名氣跟作品有直接關係嗎？抑或那些編輯只會相信耳食之言？

清朝詩人袁枚的《隨園詩話》這麼批評王安石：「荊公作文落筆便古，談詩開口便錯。」而這些編輯的偏差，大概乃屬於這一類型吧！

梧桐詩話續篇

十、詩與散文

有人說，如今乃一散文時代。換一句話說，現代是以散文「掛帥」，是以散文為主流的年代。很多文藝刊物，也都以小說為主流，而小說是以散文為創作工具。

沒有一個年代，詩與散文像現代在形式上有那麼劃分不清的界限。以前雖然有韻文與散文之別，然而，詩與散文的形式乃分明。如六朝初唐的駢文：陶淵明的〈歸去來辭〉，孔稚珪的〈山北移文〉以及王勃的〈滕王閣序〉，只是韻文，不能算是詩。至於晚唐杜枚的〈阿房宮賦〉，及北宋蘇軾的「前後赤壁賦」，也只是韻文的一種，不是詩。

可是，現代詩尋常是以散文為創作工具，形式的劃分不如古典詩明顯，乍看起來，似乎輕而易舉，實際上以散文創作，比任何時代都難。不成功便易流於惡劣散文的分行，不像古典詩，猶有韻文形式，可作掩蔽。

所以，在許多分行的散文裡，找不到詩質，比比皆是。相反，在許多現代小說及散文裡，我們卻讀到詩。

在Selden Rodman編選的《一百首現代詩》，可以讀到漢明威（Ernest Hemingway）的小說片段選自《Dath in the Afternoon》的〈Mliro's Spain〉。及喬哀思（James Joyce）的小說片段選自《Finngans Wake》的〈Anna Livia Plurabelle〉。這些片段，都被目為詩篇。

如是，可以知道在這時代，對於詩的形式的劃分，乃最不嚴明，也可以知道，對於一首詩，重點乃在於詩質的濃薄，至於形式，散文或韻文，似乎可以不必過於計較了。

十一、古今中外

對於傳統古典詩，許多現代詩人，都有極佳的修養。

可是過去幾年，在激進的浪潮襲擊下，有些現代詩人，基於反傳統，全盤西化，對於古典詩的忽視，已成為無可分辯的事實。

最近，由於有返回東方的口號，提出對於傳統的再認識，這一股反傳統的意念，才再度消沉。可是，真正對傳統肯付出心血研究的詩人，為數不多。就是在創作詩篇中，看到對古典詩談及的，恐怕很少。

近日，在研讀外國現代詩，卻意外的讀到兩首有關中國古典詩的創作。那就是：蘇聯現代女詩人蓉娜・莫里茨的：〈讀王維詩有感〉，及西班牙現代詩人赫納羅・塔倫斯的：〈和杜甫〉。

女詩人蓉娜・莫里茨在〈讀王維詩有感〉一詩中，對王維頗有推崇之意：

從他吟詠的詩句裡，

散發出泥土和溪水的芳香。

在該詩的結句又有：

而我對於他——不過是個魅影，
我的心靈正客居在他的詩境夢鄉。（戈寶權譯）

至於詩人赫衲羅・塔倫斯的〈和杜甫〉，有同情杜甫世亂的遭遇，或者可說曾受過他的詩的感動，詩中有如下的句子：

也許曙光會逢到我過於接近黑暗的邊緣。

杜甫名篇中有〈秋興八首〉，所以這首詩的結句有：

寂寞的氣息在竹林間互相摩擦。
秋夜如此漫長，何時終了？（王央樂譯）

由此，可知我國古典詩，在外國現代詩人眼中，乃有崇高的地位。所以，我國現代詩人，除究讀西方現代主義的詩之餘，亦何妨回頭一看中國古典詩的寶庫。

十二、詩的內容與文字

三十年代現代派詩人廢名（馮文炳）論述自由詩體問題。他說：中國古典詩歌，內容是散文的，文字是詩的。而新詩內容是詩的，文字是散文的。這就是所謂自由詩。廢名還在《談新詩》一書中明確指出現代派詩是溫庭筠、李商隱一派的發展。

廢名的話，前後有些矛盾。他不能將溫李的詩劃分在古典詩之外。廢名在這裡推崇溫李詩派，還以為胡適當年所推崇的元、白、蘇、辛一派缺少詩的感覺。因此認為元、白、蘇、辛的詩，內容是散文的，而形式是詩的。

現在先看白居易的詩，是不是真如廢名所說的，沒有詩的內容：白居易那首〈自河南經亂關內阻飢兄弟離散各在一處因望月有感聊書所懷寄上浮梁大兄於潛七兄烏江十五兄兼示符離及下邽弟妹〉的七言律詩下半首有如下句子：

> 弔影分為千里雁，辭根散作九秋蓮。
> 共看明月應垂淚，一夜鄉心五處同。

五、六句詩意深濃，最後結句，亦甚感人。你能說這不是詩的內容嗎？

再看蘇軾的〈新城道中〉上半首的七言律詩：

東風知我欲山行，吹斷檐間積雨聲。
嶺上晴雲披絮帽，樹頭初日掛銅鉦。
……

起筆秀逸，三、四句寫景詩意呈現。你總不能說此篇沒有詩的內容吧！

至於溫李的詩；尤其是李商隱，有時用典太多，與涉及私事的隱秘。不知事物背景，不明其所指，諸如女道士之戀及政治因素，意象朦朧，不容易看懂。詩意濃薄，也未可一概而論。

廢名的話，未免過於統括、武斷，倒是當時另一現代詩人卞之琳所說的話，看來比較中肯吧！他說：「『親切』與『含蓄』是中國古詩與西方象徵詩完全相通的特點。」

十三、鏡子

德國哲學家尼采，有一首題為〈人生〉的短詩如下：

人生乃是一面鏡子，
在鏡子裡認識自己，
我要稱之為頭等大事，
哪怕隨後就離開人世！！（錢春綺譯）

詩中第兩句：「在鏡子裡認識自己」的那面鏡子，絕對不是照見外形的鏡子，而是一面體認人生，或者可以說是照澈人的內在靈魂的鏡子。而且尋常的鏡子，是照不到人的內心。一般人在意識裡，還是往往不能認識自己，瞭解自己，更須自己發掘內在的靈魂。

我最近寫了一首詩，題為「擦鏡」，也就是有這樣的感覺。其中有四句這麼說：

若要清理脈絡
日月世態的經緯
有如挖掘地層分析纖維
那麼艱辛

為了認識自己，照見自己，已是這麼不容易，何況他人？在那首詩的結句，我這麼寫着：

可是，手臂拂拭的角隅
能有靈犀一點光芒
來照內心深處
難尋的曲徑嗎？

可見要照澈尼采所說的那面人生鏡子，是多麼艱難的啊！

十四、典型性的描寫

英美詩壇開一代詩風的詩人T．S艾略特，第一次世界大戰時，曾經在一封信裡這麼寫着：「每個人的個人生活都被這場巨大的悲劇所吞沒，人們幾乎不再有什麼個人經驗或感情了。」這是說那大時代的情況，以及微不足道的個人處境。而寫詩，沒有個人經驗或感情，只有抒寫大時代的悲歡，或者綜合性的描寫，才能引起普遍的共鳴。這就是所謂文藝典型性的描寫。

艾略特的長詩〈荒原〉，便是西方現代派詩的一個里程碑，反映到戰後西方世界一代人的幻滅與絕望，由於過去文明傳統價值的衰落。此詩充分道出時代精神。所引起的巨大反響，正是典型性抒寫的成功。

我國新文藝運動以來，在小說方面，最能引起人讚賞的典型人物，莫過於魯迅的《阿Q正傳》中的阿Q，因為描畫了那時代代表人物的精神。

台灣現代詩人余光中，近年有一首詩題為：〈不忍開燈的緣故〉。不久以前，我曾經為文論析過，有如下一段話：

……無疑的這是一篇典型性描寫的詩篇。憂國思鄉，長年飄泊在外，騷人墨客，一介之士，任誰都有北望的難遣情懷。因為具有共同的情緒，所以寫來倍覺感人。也因之容易引起了心弦的共鳴……

另一位現代詩人羅門，有一首震撼人類心靈的詩。那就是描述馬尼拉城郊的美軍公墓〈麥堅利堡〉。

對於戰爭殘酷的悲劇，一般人或多或少或深或淺，都有一種感受。但卻沒有人能像詩人羅門，那麼深切的給我們描畫出來。其中有兩句詩說：

血已把偉大的紀念沖洗了出來
戰爭都哭了，偉大它為什麼不笑

這是另一種典型性的描寫，所以能得到普遍心弦的共鳴。

古往今來，歷代詩人對於戰爭殘酷的描寫，大多能給讀者深刻的感受，大概就是因其描畫對象的普遍性、典型性的功效。

盛唐時，詩聖杜甫遭逢天寶之亂，沿途見聞，寫成〈北征〉，〈三吏〉，〈三別〉等不朽名篇，都是當時典型性的抒寫，故能得到後代的推崇。且被目為「詩史」。

唐詩中寫征戍之苦，閨中怨婦的名篇甚多，最簡短以及最突出的，莫過於陳陶的〈隴西行〉：

誓掃匈奴不顧身

五千貂錦喪胡塵
可憐無定河邊骨
猶是春閨夢裡人

此詩能予人以普遍性強烈的感受，是一首征夫怨婦的典型性作品。

相反的，李商隱的無題詩，就是不能給人普遍的理解。所寫的都是私事，難免晦澀難懂。雖然，李商隱的詩。仍不失為好詩。

菲華詩人和權名篇〈橘子的話〉，乃是以橘子比擬移殖海外的僑民。其中有一段如下：

想到祖先
移植海外以前
原是甜蜜的
橘
而今已然一代酸過一代

這，不但是道盡僑民後代的變質，也是一篇概括性刻畫的詩。

所以，只要是典型性的描寫，不論古今任何詩，都比較容易引起讀者的共鳴。

十五、運用典故

批評家瑞恰慈（Ivor Armstrong Richards）論述：「在艾略特手裡，典故是一種簡潔的技巧，〈荒原〉在內涵上相當於一首史詩，沒有這種技巧，就得由十二本着作來表達。」其實，對於典故的運用，不只在T・S艾略特手裡，是「一種簡潔的技巧」，就是其他詩人，或者是作家，亦莫不如是。

曾經譯過T・S艾略特的詩，翻譯家裘小龍說：「艾略特的古今對比並非簡單地作此今不如昔的感慨。他所謂的歷史意識是指對過去的深一步認識」；按照艾略特的觀點，作為藝術家，他還得感覺到「古典現在是同時存在的」，因為「正是這種感覺使得一個作家能夠最敏銳地意識到他自己在時間中的地位。」

他又說，典故，有時則是暗示，古今相同，暗示過去的意識或狀態還在延伸，借此增加詩的分量。如前面提過的〈荒原〉，便是運用很多典故的詩篇。現在再簡單的試舉T・S艾略特在〈一位夫人的畫像〉裡的一句詩為例：

> 你無懈可擊，你沒有阿基里斯的腳踵。

根據希臘神話，阿基里斯出生後被母親倒提在冥河水中浸過，除未浸到水的腳踵外，渾身刀槍不入，這裡意指沒有任何缺點。

中土大詩人杜甫的詩，被稱為「無字無來歷」，大概也是指他喜於運用典故。他有一首五言律詩「別房太尉墓」第三聯說：

對棋陪謝傅
把劍覓徐君

《晉書謝安傳》，「安命駕出山墅，與玄圍棋賭別墅，卒贈太傅」。《史記》：「季扎過徐，徐君好季札劍不敢言。札心知之，為使上國朱獻。還至徐，徐君已死，於是解繫徐君塚樹而去」。一連運用了兩古人事蹟，省卻很多文字。這，就是一種簡潔的技巧，同時亦給予人想像的空間，兼收含蓄之效。

我國現代詩人余光中，亦是善於運用典故的一位詩人。在〈夜讀東坡〉一詩中，有如下句子：

九百年的雪泥，都化盡了
留下最美麗的鴻爪，令人低迴

說的是楊貴妃事蹟。「雪泥鴻爪」乃源自東坡的詩句。東坡有首七言律詩題為〈和子由澠池懷舊〉的上半首說：「人生到處知何似，應似飛鴻踏雪泥。泥上偶然留指爪，鴻飛那復計東西。……」

我給菲華詩人和權的詩〈別〉的結句有：

而又來須待
何時？前度劉郎？

中唐詩人劉禹錫有詩云：「種桃道士歸何處？前度劉郎今又來。」所以，典故只要運用適宜，不但簡潔，確能蘊含更多情致，達到古今對比，發人深思。正如艾略特所說：「使得一個作家能夠最敏銳地意識到他自己在時間中的地位。」

十六、畫鬼者流

諺云：「畫鬼容易畫人難。」鬼的面目，本來就沒有定型與清晰，你所描畫的，無論是什麼形狀，都無不可。由於你畫的東西，或者根本就不存在，難計工拙。當然比不上真實的人物，有一定的準繩，無論要寫或畫，就困難多了。

似近日台灣詩壇，一窩蜂熱衷於創作科幻詩，尤其是年輕詩人，既是科幻，難免無的放矢，屬於畫鬼者流。他們與超現實的詩人不同，超現實的表現，乃有現實為依據。科幻本身就是一團模糊不清的印象，遠不如直接抒寫科技的詩確切。

我無意反對科幻詩，它在眾多詩類中，自成一格。容納更多新的嘗試，新的實驗，原無可厚非。至於要極盡想像，拚盡語言，寫不可名狀的邂逅或第三類接觸，嶄新意象的詩，它的價值，是不是也同時值得商榷的嗎？

十七、在歷史中的詩人

依稀記得某位名詩人曾經這麼說過：「詩人的存在，對於當時鄰人是個笑話，詩人只有存在於歷史中。」

詩人的不易被瞭解，原是千古不易的事實。真實的詩人，被定位於歷史中，須要經過一段時間，始能被認可認定。唐朝的李杜，並不受時人的推戴，唐朝許多版本，都不選杜甫的詩，才高如李杜尚且如此，至於他人，更不必談了。嘔盡心血的李賀獨創性的詩，一直到近代，才逐漸被發現被認可。一個詩人的被接受與被肯定，竟須要那麼一段漫長的時間。

所以那位詩人說：「詩人只有存在於歷史中。」

所以，詩人的職責，只有寫出好詩，存在於歷史中。至於其他的職位，無論多高，對於詩人，只是個笑話。像有蓋世之才「不作河西尉，淒涼為折腰」的杜甫，最後也只能短暫的在嚴武幕中任檢校工部員外郎。

所以，詩人最高的榮耀，是在歷史中當個真實的詩人。

十八、體驗的詩

前天，在一位同學的宴會上，有人曾談及他中國大陸遊的一次經驗。

他說：當他遊新疆省時，在一望無際的戈壁沙漠中，抬頭向遠方孤城眺望，猛然記起唐朝詩人王之渙在〈出塞〉中的兩句詩：

黃河遠上白雲間
一片孤城萬仞山
……

他又說：非身處絕域，絕不會體察領會這兩句詩的奧妙。當你看到一片孤城，座落於許許多多起伏的山巒之間，而再度吟出「一片孤城萬仞山」，那種感覺，是以前不知吟過多少遍，所沒有的。

這就是所謂現實生活的詩。因為是現實，所以寫來倍加切當適合，也更加感人。我國大詩人杜甫的詩，被稱為「詩史」，乃身逢世亂實錄。有時，未經過體驗過那種生活的人，便就不知其中巧妙之處。甚至超現實的詩，也須以現實為依據，如上面的：「黃河遠上白雲間」，便有超現實的傾向。

德語現代詩人里爾克在〈致青年詩人書簡〉中，記得有這麼一段話，其意思大概是這樣的：一位詩人須看過十個城市，然後可以寫出一行好詩。那也可以說好詩，應須以現實事物為依歸。柏林斯基也說：何處有生命，何處有詩。

最近，我曾寫過我的詩觀如下：年輕時，幻想與希望，都成為我描畫的題材。中年後，我的創作總以現實生活為依據。無論以何種手法表現，離開現實，便失去真摯，便寫不出好詩。

由此可見，好的詩都是從現實生活中，體驗出來的。

十九、距離美

萬物靜觀，皆須保持一段距離，然後始能欣賞到美。王國維的《人間詞話》有句話說：「……出乎其外，故能觀之。……」就是說觀物須要保持距離，始能徹底欣賞。

創作詩時，須要觀察事物，當然也須保持距離，才能體會入微，才不會為事物所迷惑。蘇軾〈題西林壁〉有這麼兩句詩：「不識廬山真面目，只緣身在此山中。」說明在其中者迷，不能夠將該地景物看清。在〈超然台記〉中，蘇軾又說：「……自其內而觀之，未有不高且大者也；彼挾其高大以臨我，則我常眩亂反覆，如隙中之觀鬥，又焉知勝負之所在？……」可見沒隔着一段距離觀物，便不容易看清楚，如何可以欣賞美之呈現？

德語詩人里爾克在〈論山水〉一文中曾經這麼說過：「……我們知道，人對周圍的事物看得是多麼不清楚，常常必得從遠方來一個人，告訴我們四周的真面目。所以人也必得要把萬物從自己的身邊推開，為的是後來好善於取用正當而平靜的方式，以疏少的親切和敬畏的隔離來同牠們接近。……」（馮至譯）這，就更說明了出於隔離，而後始能體會觀察清楚。於是，美才能從自然中呈露；詩，才會在靜觀醞釀裡完成。一切藝術，也莫不如是。

二十、「做成」什麼

任何偉大藝術品的完成，全在於藝術家成功完美的表達。詩，當然也沒例外。法國詩人梵樂希曾經說：在詩中追求的，並不是要「說明」什麼，而是要「做成」什麼；所謂「做成」什麼，便是技巧的表現。

有人批評梵樂希（Paul Valery）的傑作〈海濱墓園〉說：其實該詩的思想並不新穎深刻的，使人讚賞的，是精美的意象和嚴謹的句法及文字結構。這便是達到他所說的要「做成」什麼的起碼條件，終於成為一篇傲視二十世紀詩壇的偉大作品。

許多詩篇的成功之處，全在技巧的表現，似乎與思想題材的新舊與否，並無多大關連。例如愛情主題，古今來不知經過多少詩人抒寫過，若能有新穎獨特的表現，還會令人覺得萬古常新。這，就是要能夠「做成」什麼的功效吧！

廿一、詩中的神

詩人寫入於詩篇中的神，通常是與宗教無關，沒有偶像崇拜的傾向。詩中的神，往往另有所指。

在一九一三年獲諾貝爾文學獎的印度詩人泰戈爾，最受稱譽的得獎作品《頌歌集》，便和宗教思想有很深的血緣。他相信神，或稱宇宙最高主宰。他反對暴力和戰爭，主張人與人之間要互相瞭解幫助，彼此相愛，這就是他的宗教思想得來的真理。他在詩篇裡乃這樣描畫他的神：

「……他在靜夜中前來，手裡拿着豎琴，我的夢魂和他的琴音共鳴。……」（《頌歌集》第二六章）「……悲哀來敲你的門，她的訊息說，你的主醒着，他召喚你從夜的黑暗中去赴愛的約會。……」（《頌歌集》第二七章）

「……在憂患頻仍中，他的腳，響在我心上，而他腳的黃金之撫觸，使我的歡樂生輝。」《頌歌集》第四五章——糜文開譯）

所以泰戈爾在詩中所表現的神，乃是真理。

另一位披着靈魂走過世界的德語詩人里爾克，也時常被誤認為是宗教詩人。尤其因為他初期的着作《時間之書》，集中有關於神的一些片段如下：

……
愈是白日將盡，它全神
沉浸於暮靄的時光，
神啊，禰愈存在。……（〈禰是〉）

神啊，賜與每個人他自己的死亡吧！
那真正從這個生命滋生的死亡；
在其間，他終將尋獲愛及痛苦的真義。
……（〈神啊，賜與每個人……〉——程抱一譯）

又如在〈杜英諾悲歌〉中的天使，並非意指着神的使者那般超越的存在，而是意味着在地上完成了人間的使命而超升的存在的極致。（李魁賢詮釋）例如：

誰，倘若我叫喊，可以從天使的序列中

聽見我？……（〈第一悲歌〉）

每一天使都是可怕的。……（〈第二悲歌〉——李魁賢譯）

可見在里爾克詩中所出現的神及天使，全無宗教的意味，只是詩中的一種象徵。

廿二、文字與線條

詩乃文字的藝術，以文字排列成圖形，捨本逐末，已失去文字本身的意義。

圖形詩大概始於法國詩人阿波里奈爾，他的詠雨詩把法文直排，構成雨絲圖樣，乍看有如中文。其中也有排列成為心形，以及其他形狀的詩。台灣六十年代詩壇也有圖形詩出現。例如白萩的〈流浪者〉及〈蛾之死〉。當時自稱為新人的林亨泰在《現代詩》詩誌上，也發表了為數不少的符號詩。

白萩的〈流浪者〉，有人認為寫的很帥；但是終於不是詩的正格，難免有「旁門左道」的意味，以後便不再見他有圖形詩的出現了。

無論是圖形詩或符號詩，對於詩本身文字的功效，都有誤導之嫌。詩中文字除了意義之外，應當注重的，該是音律，而不是圖形。《東坡志林》有云：

「味摩詰之詩，詩中有畫；觀摩詰之畫，畫中有詩。」摩詰，唐朝詩人王維字，詩與畫的工具，應用迴殊。他詩中的畫，乃賴其文字傳達畫意，而不是以文字排列成圖形；他畫中的詩，乃賴其線條顏彩畫出詩意漾然的畫境，絕不借助文字的工力。能夠明白這點，圖形詩的價值，即不攻自破了。

廿三、以血書者

王國維在《人間詞話》曾經這麼說：「尼采謂一切文學，余愛以血書者；後主之詞真所謂以血書者也。」所謂以血書者，乃取其真。他又引自〈古詩十九首〉中的兩段詩：

昔為倡家女，今為蕩子婦，
蕩子行不歸，空床難獨守。

何不策高足，先據要路津？
無為久貧賤，坎坷長苦辛。

然後這樣說：「可謂淫鄙之尤，然無視為淫詞鄙詞者，以其真也。」可見不論其為淫鄙，詩只要真，讀之還是令人感覺親切動人的。

然而怎樣才算是真詩呢？以血書者，便是以血淋淋的現實為依據。一九四七年諾貝爾文學獎得主法國作家紀德，在「《新糧》第四篇有這麼幾句話：

「別再把你的詩章空寄夢想，在現實中去找詩篇吧，如果你還無法做到？開始着手吧。」

在現實中去找詩篇，以血淋淋的現實為依據，你便會得到真詩。

廿四、明朗的詩

明朗的詩，不一定是壞詩，只要耐讀。相反的，晦澀的詩，也不一定是好詩，且往往藉着晦澀遮蔽，出現了很多偽詩。

所以，一首詩的好壞，不應以明朗或者是晦澀來衡量。

明朗的詩，比較容易引起共鳴。詩若不能引起共鳴，通常便失去詩的價值。明朗的詩，流傳更廣。如唐朝白居易的詩，老嫗都能解。通俗《唐詩三百首》選本，都是選一些比較明朗的詩，可說是古今流傳最廣的一本詩選集。

李太白的絕句，本質上是明朗的，可是非常耐讀，除氣勢、飄逸之外，還有神韻存在其中。例如〈下江陵〉：

朝辭白帝彩雲間
千里江陵一日還
兩岸猿聲啼不住
輕舟已過萬重山

這首詩令人百讀不厭。然而是一首明朗的詩。

廿五、創作的生機

法國作家紀德在《新糧》第三篇裡，曾經說過這麼一句話：

「我們身上最珍貴的地方，就是還沒定型的部份。」

這句話應用於文學創作上，倒很適合；尤其是詩，還沒定型，便意味着新的可能，才不會堅持着自己以往的成規，以及一絲一毫不改的邏輯性。

這，便是創作的生機。

廿六、兩股力量

近日自英譯《泰戈爾詩選》，讀到一段詩，試譯如下：

歌者不能唱，除非有人聽：
人張開喉嚨唱，另一人唱於腦裡。
只有波濤拍岸才作出和諧音響；
只有微風搖動樹林才聽見颯颯葉聲。
只有結合兩股力量音樂才從世界昇起。
當那裡沒有愛，聽者聵，那裡永唱不成歌曲。
歌唱如是，寫詩，也應有此感覺。

寫詩沒有人欣賞，便無從引起共鳴。寫詩如不能溝通，不能引起讀者共鳴，那詩篇，就等於沒有寫。

一篇詩寫了，傳達給讀者，那篇詩早已不為作者所獨有；如將一個生命，擴展成為無數生命。

一個作者不能想像，他的作品，沒有讀者。沒有讀者，就相等於沒有作品存在。

更難想像，一個歌者，一位詩人，聲嘶力竭，向着沒有愛、耳聵的世界不停歌唱！

廿七、計程車伕的詩社

幾星期前，在菲國第七號電視台，聞見一則新聞：美國紐約市計程車伕組織詩社。初聞之下，不覺驚奇，有幾分不相信自己的耳朵。然而，這是千真萬確之事，不容你不相信了。

在這物慾橫流的鬧市，竟然有此供應高級精神食糧的組織出現，而且成員是計程車伕，不能不說是一件奇蹟。

相對於大都市中的凶殺、偷盜、綁票等人性凶惡的事件，宣揚詩教，在世紀末年代裡，是必須且具重要性的。

於是人性本善，在此混亂的世界，就有了詮釋。

這，無論如何，是令人興奮的事！

敬禮，紐約市計程車伕！

廿八、景與境

金聖嘆在選批杜詩〈遊龍門奉先寺〉中曾經對景與境有如下詮釋：「境字與景字不同，景字鬧，境字靜；景字近，境字遠；景字在淺人面前，境字在深人眼底……」

乍看起來，似妥當；但究其實，此說並不十分圓滿。景雖在眼前，有時卻不淺顯。表現時，若情景相融，就更加繁複。何況，景不一定鬧，有時也有靜景，境不一定靜，有時也有熱鬧氣氛。

說的確切，景是言明眼前之物，而境則須經過醞釀，營造氣氛而成。

廿九、表現

詩，無他，表現而已。

古往今來，許多名詩人的詩，主題同而表現技巧方法各異，遂各自成千古絕唱。

不管主題相同，其可貴處，全在於能另尋蹊徑，脫離前人窠臼，而有新的表現。

例如表現「人之不朽」的同一主題。英國現代詩人狄倫・湯默斯（Dylan Thomas）的「而死亡亦不得獨霸四方」，與我國現代詩人余光中的「五行無阻」，在同一主題之中，便有不同表現方法。

先例舉狄倫・湯默斯的「而死亡亦不得獨霸四方」第一段（余光中譯）：

而死亡亦不得獨霸四方。
死者赤身露體，死者亦將
匯合風中與落月中的那人；
等白骨都剔淨，淨骨也蝕光
就擁有星象，在肘旁，腳旁；
縱死者狂發，死者將清醒，
縱死者墜海，死者將上昇；
縱情人都失敗，愛情無恙；
而死亡亦不得獨霸四方。

再例舉余光中的〈五行無阻〉中的一小段，以見異同：

……
任你，死亡啊，貶我到極暗極空
到樹根的隱私蟲蟻的倉庫
也不能阻攔我
回到正午，回到太陽的光中
或者我竟然就土遁回來

當春耕翻破第一塊凍土
你不能阻攔我
……

三十、新舊意識

我在〈紀寰球詞苑七夕雅集並奉和黎國昌教授原玉調寄鷓鴣天〉，有如下兩句：

瓊筵此夕歡無極
七月春風有異常

當時，有一位資深的傳統詩人讀到這兩詞句，便說：「七月沒有春風，宜改為秋風，比較適當！」我聽了很不舒服，同時也很難佩服他的建議。因為全闋詞的突出處，全在於這句：「七月春風有異常。」況且前句有「瓊筵此夕歡無極」如改為「秋風」，便與「歡無極」相抵觸，更加不適當。這種「似非而是」的技巧，全在於七月無春風，而製造出的矛盾性，因而顯出尖銳的意識。這種技巧在舊詩中比較少見。唐朝詩人李白在〈黃鶴樓聞笛〉有如下兩句：

黃鶴樓中吹玉笛
江城五月落梅花

梅花落，雖為笛的曲名，但「江城五月落梅花」，詩句故意雙關，具有「似非而是」的矛盾性技巧。因為五月根本就沒有落梅花。李白是盛唐 代、往往與現代技巧暗合的詩人。

春之播種——和權詩集《落日藥丸》讀後感

一

無疑的，和權是當今菲華重要詩人之一，且對詩壇具有深厚的影響力。集寫詩、寫詩論，和編務於一身，和權實是推動菲華詩運輪齒最盡力的一位詩人。

和權的詩，傳播極為廣袤，近及中國大陸及中國台灣、香港地區，南洋各地，遠至美國，均有作品刊行，在世界華文詩壇，極居重要位置。

和權也是菲華詩人之中，榮獲最多獎狀的人；先後榮獲兩度菲律濱王國棟文藝基金會新詩獎、菲華兒童文學研究會、林謝淑英文藝基金會童詩獎、台灣僑聯總會華文着述獎「新詩首獎」、台灣行政院僑務委員會獎狀、新陸小詩詩獎、台灣中興文藝獎章新詩獎，及中國寶雞詩獎。他先前已出版的詩集有《橘子的話》及《你是否撫觸到衣襟上被親吻的痕跡》。《落日藥丸》是他的第三冊詩集。

綜觀和權這冊《落日藥丸》集裡的詩，除〈狼毫今何在？〉長篇創作外，其餘多數為精緻凝練的短詩。他的詩，風格趨向樸素，文字雖平易近人，但往往有弦外之音。所以，他的詩表面明朗，可是耐咀嚼耐讀，常能給人猝然的驚喜。

他的詩風，倘若要與古人比擬，即與晉代的陶潛頗為接近。然而，內涵卻與唐朝另一位大詩人杜甫，同有憂國憂民的心胸。

二

和權在樸素的詩風裡，時常有現代感的意象出現，與一般專事雕琢華麗詞句，實不可同日而語。〈落日藥丸〉詩中，有如下幾行：

伸手取來落日藥丸
就着洶湧的海
暢快地
送下喉嚨

民初詩僧蘇曼殊有首絕詩〈落日〉，其中兩句：

誰知北海吞氈日，
不愛英雄愛美人！

意象頗近似，惟和權的詩，更具有現代感，意識也更尖銳，令人有震盪的感受。

同樣具有震盪力量的是〈大笑〉中的幾行：

整個世界
是光明了
在熊熊的戰火中

其他還有〈大地震（之二）〉的一小段：

不見一絲裂紋的
是一顆顆
比摩天巨廈聳得更高的
名利之心

跟給人震盪力量相反的，能於意識中，獲得猝然喜悅，有如〈冰〉詩中：

是因為冷和硬
才透明的麼？

我暗地融化
為水
讓你看清楚
流動的我
仍是一樣的
透明

和權還有一種詩，在表明某種意識，對問題不做直接回答，故言他物，而做象徵的表現。
在〈詩〉一詩中，便有如此呈現：

輕聲問你
什麼是詩

你含笑不答
只睇着
屋蓋上
一對依偎的
鴿子

明朝詩人孫友篪的〈過古墓〉，同樣也有此種表現方法：

行人欲問前朝事，
翁仲無言對夕陽。

只是和權這一首〈詩〉，想像空間更大，更含蓄。他另一首〈詩人〉，也有這樣表現，且更具有玄秘感，其中兩段是：

給詩下定義
我一回首
看到了
溪流的喋喋
袒裸胸中的沙石

此外集中自成一輯「小扶西」的兒童詩，充滿着童趣。在〈小風箏〉中，將彩霞比擬為ICE CREAM，便很清新有味。後段當〈小風箏〉：

飛到天上時
還來不及舔舐
ICE CREAM
已融了

跟前面幾行，形成可喜的轉折，餘韻無窮。

其餘的，每首也都可讀。

和權的詩，簡樸精鍊之外，常給人一種「潔淨」的感覺。李廣田在《詩的藝術》一書的最後一章「樹的比喻」曾這麼說：

「『潔淨』，是兩個極其平常的字，但作品能做到潔淨，卻也並非多麼容易的事，多少年輕作家，甚至有些老作家都不大能做到這一步。」

和權幾乎所有的作品，都能夠做到潔淨。可以〈樹根與鮮鮑〉為例：

在遙遠的非洲
他們以皮包骨的手
在沙土裡翻找
樹根

在馬尼拉
我們以銀叉銀匙
在碟子裡挑揀
鮮鮑

以和權詩的才華，進一步或更大的突破，應是毫無問題。詩人羅門在序言中，也曾提出這一意見：也就是李廣田所說的：「從潔淨走到豐實。」而且這一見解，已可在〈狼毫今何在〉長詩中，見出端倪。

三

和權長期以憂患的種子播種，企圖為人間開發出一片繁茂春天，詩中時時呈現着為天下蒼生之憂而憂。〈除夕・煙花〉有如下數行：

那纖手伸出許多疼惜
許多柔情
許多慈愛
輕輕撫摸着乞討的
小女孩

後段又有：

如果說
今晚芸芸眾生都好看成
千萬朵煙花
萬千朵煙花
上帝　他也會
看呆麼

和權時刻不忘為眾生着想，甚至在看煙花的時候。在〈伊甸園〉詩中，為戰爭而發出哀號的，有如下數句：

全世界與我
何以
竟相信一具具屍體
能疊成

伊甸園

〈路〉同樣的，也寫戰爭的殘酷：

倒臥在沙場上
百萬人
恐懼和絕望的
哀號　才是
惟一的路
通向
光榮
將領們明白

其他寫殘酷的戰爭，還有〈失眠夜〉、〈大笑〉等詩篇，都在為眾生請命，憂國憂民之心，躍然紙上。

〈火山爆發了〉一詩中，有如下片段：

陷入黑暗
我們看不見
眼前的景物
猶如他們
看不見
掙扎在飢餓線上的
人　也看不見
刻骨的痛苦

這是仁者的感受。人間的飢餓，刻骨的痛苦，無時不環繞在和權的胸臆。我在一篇小說〈人間溫情〉，結束時有這樣幾句：

「人間儘管有無限溫暖的地方，然而寒冷的角落更多。我為什麼不能夠多付一份溫暖，給天下飽受寒冷的可憐人呢？……」

和權就是以他的詩向寒冷的角落，寄出他的溫暖，他的愛。使人們有如在冰凍的天地裡，也會感覺春天的降臨。

記得當年魯迅大約曾經這麼說過：「中國如果多幾個如杜甫那樣的傻子，中國大概不會像現在這樣！然而，傻子是有福的！」以天下之憂而憂，眾生之福為福。傳播詩的種籽，為人間帶來歡樂與幸福。春之播種者，讓我也來祝福他：幸福的詩人，幸福的和權先生。

李怡樂

李怡樂，筆名一樂。福建晉江人，畢業於廈門第五中學。「文化大革命」期間，上山下鄉落戶於華安縣，先後當過農民、鋸木工人、茶場會計、中學教師等。

定居菲律濱後，曾加入辛墾文藝社、學群文藝社、千島詩社。一九八七年與林泉、陳一匡、陳和權發起組織「現代詩研究會」，協助「萬象」詩刊的編輯工作。

聽橘子的心聲——和權詩集《橘子的話》讀後

從這本印製精美的《橘子的話》裡，我得以全面地欣賞和權嘔心瀝血的傑作。若說詩人千錘百煉的每篇作品，像特技運動員每套精湛的表演，那麼，必然是豐富的生活經驗和廣博的知識，組織了和權結實的肢體，經過多年刻苦鍛鍊，集各種技巧於一身，手中的筆「虎虎生風地／舞動起來」，變化靈活，從起勢到收結遒勁有力。唐山人（即施穎洲前輩）在〈夢話錄・兩本詩集〉一文裡讚嘆：「這才是詩。」可見，即使不一定篇篇都是和氏璧，至少是詩人在現實生活中的真情實感，與自己的真才實學融合的結晶，所以能夠引起讀者思想感情的共鳴。

這本詩集裡的作品，涉及面很廣。〈傘〉、〈鞋〉、〈針〉、〈火柴〉、〈飯鍋〉等等，詩人信手拈來，便能成詩。無論〈登王城〉、〈夜行〉，或〈上碧瑤〉，甚至於〈馬車上〉詩人也隨時隨地創作，把他的親情、友情以及「常為落腳處／發愁」，想「回歸福建／回歸永寧」的憂思之情，化入詩的字裡行間，足見和權先生創作的勤奮、功力的深厚。

和權的詩，最顯着的藝術特色是，文字淺白，精鍊而含蓄。擅長寫詠物詩，藝術表現力強。

風一掠，便
晃盪起來了

——（〈衣架〉首段）

普普通通的十三個字，含蓄、準確、形象地寫出「衣」不符「身」，華而不實，輕、浮經不起吹的狀態。

就怕街上的人
儘是搖搖擺擺的
衣架
沒有手足
沒有面容

——（〈衣架〉中段）

取喻新鮮，卻又不停留在所詠之物，把寄託的深意引伸、擴張到社會上。描繪出那種一旦「着了華裳」，「闊」起來，在「街上」「搖搖擺擺」，「沒有手足／沒有面容」無義、無情的典型「衣架」。

衣架，是靜物。但在詩人的筆下活起來，變成活生生的人；風，是自然現象，當「衣架」變成人時，「風」便應視為社會現象——一種風氣。正像劉基「賣柑者言」裡，那些「金玉其外，敗絮其中」的柑。「衣架」象徵人們在現實生活中處世、待人、工作、學習等等方面的反面形象。此詩，物（衣架）與人的界限，既分又合。分的地方，物人界限清楚，合的地方，物人兩融，極得詠物詩「不即不離」之妙。

而我呢
攬鏡子，驟驚
竟也是衣架一個

——（〈衣架〉尾段）

尾段，令人有意外驚喜之感。原來詩人是位敢於批判自己，「攬鏡子」正視自己的勇士。我想，和權之所以能有今天的成就，跟他平素的修心養性，自我充實是分不開的。讀他的詩，容易被感動，因為詩人借「物」自我剖示的心聲，總是那麼誠摯，那麼深沉。

咱們恆是一粒粒
酸酸的橘子

詩人選擇「橘子」作為表達深刻寓意的題材。與老王賣瓜截然不同的態度，「橘子」一開口說話便直抒「酸」情——

分不清
生長的土地
是故鄉
還是異鄉

滿懷着心「酸」，到華人街的大排檔去嚐中國風味，最易觸景傷情「……一鍋熟水／煮沸了／而我們的家思／和惦念，也煮沸了臉上的／無奈」（摘自〈大排檔〉）

他對〈蝦〉說：「……於今，在你身上／已看不出半點的榮耀／沒有龍昂首的雄姿／沒有龍穿雲的手采……在海外困居／離開陽光與月光／你永遠是憂鬱的／彎曲的……你，面對玻璃外的／餐盤，淒然落淚……」

顯然，這是同病相憐的感概。他曾設想自己是一隻〈蟹〉：「直到快將變成一道美食／我才弄明白／遠離水域之後／不論走什麼路線／怎樣橫行／都無生機」。

「橘子」的確夠「酸」，〈紹興酒〉裡，羈旅落寞的眼淚；〈木偶〉受牽受制的苦悶；〈槳〉一輩子休想離大海，以及〈柁木〉無法回歸森林的悲哀——全是「酸」。在異國謀生，無疑要歷盡艱辛，像〈輪胎〉憋着一肚子氣，鼓足一股勁任勞任怨的磨練、打滾。所以，「橘子」說自己是「酸酸的」，「酸」之一，是傷痛心酸；其二，即肩痛腰痠。一語內外雙關，非細品不得其真意。

「橘子」又說：

想到祖先
移植海外以前
原是甜蜜的
而今已然一代酸過一代

話中有話，「甜蜜的」是指移植前，整個家族聚集的甜蜜，同時也是指橘子的品質。亦虛亦實，又是一語雙關——亦物亦人。

然而，「橘子」最擔心的是橘化為枳的問題，也即是詩人借「橘子」表現的，具有普遍社會意義、令人深思的主題。

只不知
子孫們
將更酸澀
成啥味道

由於有此遠慮，「橘子」很注重對子女的培養。例如，贈〈給女兒〉一座鋼琴，要她學會明瞭事理，分清是非黑白；為了讓下一代能「甜蜜」些，視小女兒是自己的「詩集」，願作小女兒書包裡的「一盒彩筆」；考慮到孩子成長過程中，一路攀登上來的石階又陡又滑，趕緊「牽着她／越過／一級一級的石階」。更重要的，還體現在對孩子們思想觀念的教育：「一遍遍解釋／土地與花草／親密的關係」。

上述種種對子女關懷、愛護之情，顯露了「橘子」酸中有甜，而這「甜」，不容置疑是承受自「祖先」的遺傳，尚存於體內的品質。倘若把酸中的甜，看作是〈熱水瓶〉裡「炙熟」、「透明的愛」，那麼，愛首先應獻給母親——孝為先。

母親是值得讚頌的，她「什麼也不說／忍受着」一切痛苦，而付出自身所有「甜美無比的汁液」。「防波堤」、「甘蔗」……把母親的勞苦功高具體形象化，給人非常真實、親切的感覺。試想，當做兒子的用心靈的歌唱道：

……
莊嚴地
雙手捧起飯鍋
吻着它
把它
擺放在心裡
如是
我用一生包裹住

那股濃濃的
飯香

——〈摘自〈飯鍋〉〉

如果你是位母親，這心聲會讓你甜得流出淚來。

當然，「橘子」的甜不止於此。〈噴射機〉一詩，聲聲讚揚了德高望重的王國棟先生；〈古松〉一詩，自喻為戀慕古松（七十二烈士）的蒼鷹。詩人對孫中山先生的敬仰與崇拜，不僅僅口頭上唱讚歌，而且用實際行動，「仿着／孫先生的微笑／跟人點頭，傚法他／與群眾併肩／向前昂步，摹擬他／灼灼的目光／將巨大的自己／看小……」

祇有懂得將自己「看小」（不是小看！）的人，才會敬老尊賢。詩人向〈三閭大夫〉表示：

我
每一深呼吸
皆聞到那芬芳
那是，你的名字
……

——〈摘自〈三閭大夫〉〉

「呼吸」，對一個詩人來說是詩的創作。

「你的名字」——屈原——中國第一位偉大詩人，他的「芬芳」，即是他的詩以及寄寓其中的愛國思想。

屈原曾寫下中國文學史上最早的詠物詩〈橘頌〉，頌橘樹歲寒不凋，「獨立不遷」、「深固難徙」的高貴品質，寄託了對祖國、對鄉土摯愛的深情。如今，聽定居海外「橘子」的這番話，整條汨羅江水都甘甜了。

移植海外的「橘子」雖然變酸，但酸不掩甜，宛如隱伏在盒子裡的〈火柴〉：「等待着／迫切需要的／一刻／才出現……」

我習慣啜茶賞詩，當我打開「橘子的話」，耳際立即響起詩人清晰的男中音：

讓我的熱情騰騰上昇
倒出
透明的愛
坦然無隱地
注你們以滿杯的溫暖

——（摘自〈熱水瓶〉）

簡析沙穗的〈深閨〉

也許因為寂寞
她把長髮梳成一個髮髻
又把它散落

用淡淡的胭脂
淺淺的微笑
對着鏡子　喃喃自語：
髮亂了有梳子
心亂了呢？

這是盛夏
而她總覺得好冷
有時她討厭長髮

怎麼看都像一面黑色的網
所以把髮紮起

有時又覺得紮起的髮髻
像一把鎖
把她鎖在層層的深閨
所以又把它散落

此詩寫一個女人將自己的長髮紮起和散落。明示寂寞中心煩意亂的情態；暗指「她」內心某種強烈渴望而表現出來的抗拒行動。

詩開頭，對這個女人的兩種動作（紮起、散落），作者用於外交場合的語氣說：「也許因為寂寞」，有「引誘」讀者深入細讀的作用，也即是一種起首的藝術手法。唐李白的詩句：「白髮三千丈，緣愁似箇長」，長髮比喻深愁，也有人說是煩惱絲。這一段作者暗示「她」的煩惱愁悶。

第二段作者直接挑明「她」的「心亂」。記得南北朝歌謠「子夜歌」中有首詩寫一個女人跟愛人分別後，一直沒打開鏡匣，頭髮散亂了也不敢梳理，因為她害怕看到自己思君憔悴的容顏。而「深閨」裡的這個女人偏對着鏡子，所以當她看到褪了色而未補粧的胭脂，又怎能不泛起「淺淺的微笑」（苦笑），又怎能不「心亂」呢？心亂什麼？作者以設問來推進詩意。

第三、四段表面上作者以一柔一剛（網和鎖）的具體事物來形容閨中層層寂寞之深，實際上描述「她」始終不斷地企圖衝破這寂寞的牢籠。紮起（網）是想飛出去，把長髮散落是粉碎寂寞之鎖的下意識動作。這個女人之所以如此煩悶，作者在第三段開頭兩行非常含蓄地暗示：「這是盛夏／而她總覺得好冷」其意是，外面太陽的火舌黏遍大地萬物，而她「鎖在層層的深閨」，陰盛無陽，所以「覺得好冷」。

詩中寫「她」在整個夏季，內心的強烈渴望和深沉的孤寂。筆墨集中「她」的收放兩種動作，成功地渲染了氣氛，讓讀者身臨其境去感受。

此詩結句「所以又把它散落」——「網」又罩下來。暗示出一種無可奈何的結局，加深了深閨的寂寞。

這首詩，作者把題旨扣得很緊，語言自然流暢，結構嚴謹，是一篇值得再三細讀的作品。

年年相望盼親歸——讀陳一匡〈相望〉

菲華文壇的多面手陳一匡先生最近發表一首新詩，一反以往的手法，在意境的營造、氣氛的渲染等方面，均有可喜的自我突歧。現抄錄原作如下：

相望

溯河而上
看兩岸椰樹
在風中伸長了手臂
亟思抓緊
對岸的夥伴

驀然
海峽的苦水
在腦海裡洶湧了起來

幾時？
幾時方能拉拚
相望的兩岸

這首詩，在不習慣讀新詩的人眼裡，或許會有兩個疑問、一個誤解：首先，對「溯河而上」也許會問：「沿河而下難道不一樣嗎？」其次，「椰樹」是東南亞一帶常見植物，它們在風中搖晃，即使如作者想像的那樣「亟思抓緊／對岸的夥伴」，跟第二段「驀然／海峽的苦水／在腦海裡洶湧了起來」，又有何關聯呢？

一個誤解是，把「亟思抓緊／對岸的夥伴」與「拉拚／相望的兩岸」的含意等同起來。

必須指出，在這首詩裡，作者寄深遠之情於眼前的景物，即採用「物近情遙」的技巧。詩中之「物」，隨作者的想像而活動，意境亦幻亦真、虛實交錯。

「溯河而上」是作者回想從前「追溯」、「回溯」之意，而非作者逆水行舟。所以，接着營造的景象，將是過去的情形的象徵，倘若「沿河而下」，必然是另一種景色。

「看兩岸椰樹／在風中伸長了手臂／亟思抓緊／對岸的夥伴」。讀來，是一幅詩意盈然的風景圖，其實乃是一段故國的歷史。

關心國事的人都懂得「海峽兩岸」一詞，而作者將它拆開，分別安置於第一、二段裡，使這兩段之間產生一種內在的有機聯繫。明白這一點，全詩的境界就豁然開朗了。

「椰樹」，象徵兩岸土地的擁有者。它們「在風中伸長了手臂」，顯然是相互打擊、爭鬥的狀況。「亟思抓緊」，非常準確形象地指出「椰樹」爭鬥的目的，在於控制（抓緊）「對岸的夥伴」。「夥伴」一詞，用得頗恰當。引人回顧歷史，在推翻封建王朝烽火連天的年代，在抵抗外族侵略艱難困苦的歲月，它們曾經並肩站在一條戰線上。而後，由於種種原因，造成了「對視」的局面：相隔着一衣帶水，雞犬之聲相聞卻不能往來，可想而知，「中間多少行人淚！」因此，這「海峽的苦水」禁不住「在腦海裡洶湧了起來」。作者把自然景色與歷史悲劇結合在一起，抒發自己憂國憂民的思想感情。第二段「驀然」筆鋒一轉，思緒由遙遠處勾回現實，簡潔俐落。

第三段以急促的語氣設問，作者並列兩個「幾時」，極似有人告知「兩岸」即將開放允許探親，急忙問：「幾時？」驚喜之餘，腦際立即浮現出一個令人興奮的前景：「拉拼相望的兩岸」。這裡的「拉拼」與首段的「抓緊」，動作上也許很相似，內涵卻是截然相反的根本改變。「拉拼」即（椰樹）手拉着手，（兩岸）拼合在一起，似可引伸為「聯台」或「統一」之義。「相望」一詞雙關，既是「兩岸椰樹」的心態，也是表面的狀態。無論讀者理解成「相互觀望」抑或「相互希望」均可。此處微妙地暗示，目前海峽內風平浪靜，「兩岸椰樹」只是「相望」着，或許在等待「幾時方能拉拚」吧！故而，此詩的結尾，寫出了億萬人共同關切的問題，把這首詩推向最高的境界。

此詩的文字組合不僅包含着現代詩的趣味，所流露的思想也深具普遍性；正是由於作者灌注於詩句中的情感，與「海峽的苦水」一脈相通，故其作品的藝術感染力才顯得格外的強勁。

一首好詩就是一朵花，在詩的世界裡，萬紫千紅，永保着春天。讓我們同心協力，為海峽兩岸增添春意！願菲華詩壇無處不飛花！

創作與再創作——讀和權的詩談心得

落日
對着
一大群人圍觀的講台

這是和權先生〈我忍不住大笑〉（八十六年四月五日《藍星詩刊》第七號）首段的詩句。一見面，詩人便給我們展現一幅象徵意味濃厚的圖景。

據說，詩人們都非常重視起首和結句的經營。因為前者起帶動全篇的作用，後者則能增強藝術感染力。故有「結句好難得，發句好尤難得」的感嘆。千古傳誦的「風乍起，吹皺一池春水」，就是以象徵性描寫景物起首的名句。其中，「皺」字把一位女子內心的不平靜，生動形象地現露出來。而今，詩人精選出的「落」字，該會有不失眾「望」的表現吧。

「落日」，令我記起許渾〈晚泊七里灘〉，以「天晚日沉沉」開頭，得到「無力」的評語（謝榛《四溟詩話》）。這裡，詩人顯然謀定而動，故意重踏舊轍，要的正是這暮氣「沉沉」與「無力」，象徵被一大群圍觀的人「壓」在下方的「講台」（按詩人字面上的安排）。

「講台」是墊高「野心家」的工具，及其活動的「範圍」，夕陽的餘暉，腳下「講台」，不可避免要「沾光」。其實，真正要象徵的，是講台上的「野心家」。不信，請看下段：

講台上揑拳的演說者
說得連公園裡的椰樹
都不停點頭

詩人運用「頂針」的修辭技巧，使前後兩段的詩意緊密，直接的聯繫起來。

如果說，詩人在第一段裡暗示，夕陽給「講台」抹上「沒落」的色彩，「講台」已「落」到沒有聽眾的地步。那麼第二段中，詩人把主角「野心家」勾出亮相，顯現在我們面前的正是一副日暮途窮、垂敗掙扎的嘴臉：揑着拳頭，面上浮泛着迴光返照的紅暈，正在竭力地「放風」（閩南方言：吹牛：大放厥詞之意）。「說得連公園裡的椰樹，都不停點頭。」

「詩是不好祇講『邏輯』『因果』的，還要向神韻丰姿去多作體會」，詩人用「以物擬人」的手法，視椰樹的搖擺為「點頭」：藏而不露，意在言外，留下豐富的想像內容，讓我們去體會，去再創作。我來試試：

一、（諷刺）野心家的說詞，祇有在植物裡，才能尋得知音。

二、（誇張）野心家好大的狂妄口氣，離講台較遠處的椰樹被「吹」得不停地搖晃。

三、（反語）自高自大卻又極其脆弱的野心家，語無倫次，連椰樹也不停地嘆息搖頭。

四、按「常理」，人怎能說得椰樹點頭！詩人在暗示（或啟示），失去人心的野心家，已回天乏術，妄想扭轉歷史車輪，同樣是不可能的事。

至此，詩人既形象，深刻地描繪了「野心家」必然的、暗淡而低落情調的晚景，又含蓄委婉，不帶絲毫火藥味地以「落日」象徵了瀕臨末日的「野心家」，表現出一種溫文典雅的風格。至此，我有被牽着走的感覺，詩人的筆如同電影的鏡頭，由遠而近（落日——講台），從下而上（講台——野心家），繼而又引向較遠處，逐漸遠去……把我的眼睛引向第三段：

假如海灣的落日
是我睜開的一隻眼睛
嘩然的海浪
便是我忍不住的大笑

猶如從陰鬱的老林中走出，迎面而來是一片浩瀚的大海，令我眼界豁然開朗——尾段，詩人手法高明地營造了一個層層意象組合的宏偉、壯闊的意境。而這一切的情景，與意與境全巧妙的收容在「假如……便是……」一句話。

起先，我對「我」產生過疑惑。單人稱的「我」，使我理解為「我」對「野心家」鄙視地睜開「一隻眼睛」，以觀看耍猴的幸災樂禍心情「大笑」。但這似乎不是詩人的風度。而且，既然是蔑視的態度，用「海浪」作喻體，豈不是「殺雞用牛刀」。

對着鏡子，我模仿乍起大笑，興奮地發現，就在那一剎那（請把你的想像限制在這「一剎那」），「海浪」掀起（臉部肌肉提動），夕日（眼珠）在「海灣」的弧線後沉「落」。我開竅了。「我」，是我方的「我」，是「一大群人」在二月革命中MAKAISA（菲語意謂「團結一致」）的「我」。

詩人在首段「實」寫「我」的圍觀。尾段，「我」對「野心家」不屑一顧，「背向」離去，「虛」寫的手法，用比喻遮掩過去，巧妙得令我懷疑是偶然的巧合。「落日」「對着」「講台」，圍觀的眼睛理所當然也是對着講台，「落日」是「眼睛」的比喻似乎沒問題。細想後，「落日」是血紅色……對了「我」轉過身去，「背向」「野心家」眼睛裡就映出一輪「落日」。

「我」雖然「背向」「野心家」，卻沒擺脫掉「落日」的「影子」，「落日」的餘「威」刺激了「我」眼睛，於是「我」「忍不住」了。

「嘩然」，是激情的閘門打開時，迸發的聲響。詩人以「嘩然的海浪」的動態。比喻「我忍不住的大笑」的那一剎那動態，構思新奇，寓意深遠。而「大笑」二字，卻又令我們的視覺去感觸其笑意，憑各自的聯想，再創作萬眾歡呼的各種動人場面。當然，當「人民力量」揭竿而起（我忍不住的大笑），「野心家」必「落」入人民群眾的汪洋大海，但任何「野心家」都不會自動退出歷史舞台的。這或許就是詩人之所以採用「假如……便……」句型的用意。

此詩，把高度的藝術技巧和正確的思想內容融合一體，堪稱傑作。

此詩，文字平易淺白，每一技巧的運用，全是為表現深度的內涵服務，諷刺「野心家」，歌頌人民，愛憎分明。這一切都是白居易派的傳統詩人所樂見。對於學習寫現代詩的人（包括我）來說，這是一篇很實用的示範作品。

恕我借用此詩尾段的句型，概括我對此詩的看法：

假如這首詩
是我讚賞的一位朋友
大智若愚
便是我的評語

讀莊垂明〈分梨〉

輕輕地，一刀落下去
請你隨心揀擇莫猶豫
如果，你所喜歡的是
受創無聞呼疼的一半
那我就將不見淌血的
另一半，留給了自己
只因為你我一樣希望
讓最甜美的歸於對方
只因為，此時與此地
你我終須——分梨。

莊垂明先生的這首〈分梨〉曾發表於台灣《自立晚報》副刊（一九八四年九月一日），我是在《耕園文藝刊》上看到的，記得閱後還寫了一首非常幼稚的小詩投寄給耕園文藝社，真不知天多高、地多厚。最近整理舊物，發現當時剪下來夾在本子裡的這首詩，於是取出再細細讀了幾遍，竟浮想聯翩於柳暗花明，見到「又一村」。

好詩，就是如此奇妙：不會被增添的歲月所稀釋，反而因常翻動，才顯露出蘊藏於底層的真意。

這首詩從表面上看，是兩人欲分梨時（也許那梨子飽滿、圓熟，令人望而生津，卻又不忍心下手切割），「我」對「你」講的話。因「我」善於辭令，故講得簡單扼要且流利柔美，婉轉動人。這「一段」話誠值得逐句欣賞、推敲玩味。

第一行，詩人以「輕輕地」三個字起首，概括了「刀」勢的動態和「你我」不忍的心態。所以，接着本來是直截了當的「一刀下去」，卻出於詩人的妙手嵌入一個「落」字，俾其在動作上及詩句的語氣上都緩了緩，「猶豫」的神情畢露。我不禁嘆（讚嘆、感嘆兼有）了一口氣，那麼「輕」的「落下去」，除非那柄「刀」是吹髮可斷的寶刀，否則我很懷疑真能把梨切開。根據詩中「難分」、「難捨」的情形，我大膽想像分梨時大概是這樣：

因為不忍目睹一個完整的「梨」被破壞，「我」別過臉去，只聽到背後「一刀切下去」（也許旁落了）的聲響，以為梨已切開「請你隨心揀擇莫猶豫。」

「揀擇什麼呢？」

「如果你所喜歡的是，受創無聞呼疼的一半，那我就將不見淌血的另一半，留給了自己。」

「為什麼……？」

「只因為你我一樣希望，讓最甜美的歸於對方。」

「為什麼……？」

「只因為……。」

「……？」

「……。」

「為什麼……？」

「只因為，此時與此地，你我終須——分梨。」……

分梨是兩人的事，讀者細心點，不難覺察出，正因為「猶豫」頑固的存在着，「我」才會說「莫猶豫」，才需要一而再地解釋。兩個「只因為」之間，必然有一陣子「追問」的過程，只是被詩人巧妙的藝術手法處理為一氣呵成的「一段」話。不過詩人做了個暗示的記號，那就是當「我」說最後一個「只因為」時，喉頭哽塞，口舌已不那麼伶俐了，詩人適時用逗號給「我」喘息的機會。但是，任誰都能看出，最後的「理由」很明顯是一句「強詞」。

或許「我」有難言之隱，所以始終咬緊牙關，不道破分梨的主因。詩在此收結，留下無窮的餘味，完全做到唐「七絕聖手」王昌齡主張的「常須含思，不得令語盡思窮。」（《文鏡秘府論》）

那麼，此詩藏而不露的言外之意是什麼呢？請閉上眼睛，輕輕地唸一遍，你即刻會發現那尾聲是「此時與此地，你我終須分離。」再重新領會詩意，就會被引入另一種境界，並發現這是一首構思新穎，感情真摯，描寫離情別意的好詩。因為這類題材的詩篇，佳句名句俯拾即是。看曹植〈洛神賦〉裡，洛神將離去時「恨人神之道殊兮，怨盛年之莫當。」何等惆悵憤懣，王維〈送元二使安西〉：「勸君更盡一杯酒，西出陽關無故人。」多麼纏綿悱惻……自古至今不勝枚舉。雖然，這其中也有如王勃在〈送杜少府之任蜀州〉中，表現出「無為在歧路，兒女共沾巾」的豁達、爽朗，但人們「生別離」時，哭哭啼啼的畢竟居多。若欲概括這種種狀況和感受，江淹的「黯然銷魂者，惟別而已矣！」（〈別賦〉）一句話足夠了。若要描述這種抽象的牽腸掛肚的感情，又要不拾人牙慧，創出新意；又要口語化讓真情自然流露，讀起來順暢悅耳，給予讀者親切、純真的感覺，實在不是件容易的事。難得的是，上述的要求〈分梨〉都達到了。

讀這首〈分梨〉，令人感受到的不是悲悲切切、傷感頹廢的情調，也不是強作樂觀、豪爽的氣概，而是詩人運用倒反（或稱反語）的修辭技巧，表現出來的不忍分離、猶豫的情態。

詩人取〈分梨〉與「分離」同音，以甜美多汁的「梨」喻兩人相悅成熟的感情，以「一刀切下去」喻某種環境的逼迫。故而，此詩第一行「輕輕地，一刀落下去」含意之一，是點明擺在面前令「你我」擔憂的形勢。眾所周知，環境的逼迫並非突發的洪水，是日積月累慢慢地形成的，即詩人筆下既簡潔凝煉，又內涵豐富的「輕輕地」三個字。讀者可從真實生活中去聯想，當兩情相悅已臻一體（像顆梨子）時，對環境的逼迫（像一刀落下）必然奮起竭力抵擋。那沉重壓迫下來的速度，由於受阻而減緩，這種作用與反作用的物理現象，表面上「輕輕」，恰恰與內情的艱難、沉重相反。

第二行詩句是承上句之意，當現實形勢發展至刀刃鋒芒的威脅時，「我」不得不把問題攤開「請你隨心揀擇莫猶豫」，語義隨詩意轉含蓄為明朗。但同樣是一句「反語」，口頭上的無情，滿不在乎的態度，正表示「我」內心的多情。否則，又何必多此一舉「請你隨心揀擇」呢？可見彼此都猶豫不決，都不忍心分離。

第三行至第六行詩句，是「我」作最壞的打算，假設性的估計。詩人用「如果……那……」句型表示。

試想，「受創無聞呼疼」的裡面就藏着個「忍」字，貌似無動於衷的背後必定是痛不欲生；受創「不見淌血」，更深藏「連着鮮血吞下去」（「牙齒」莊垂明）的堅忍（韌），面不改色的內部也必定心碎而鮮血淋淋。倘若果真分離，受創的「你我」其實一樣「疼」一樣「淌血」，哪裡有「你所喜歡的」呢？（同樣也沒有「我」所歡喜的，因為「你我一樣希望」）可想而知，「一半」跟「另一半」都充滿了酸、澀、苦，那有「最甜美的」可供「揀擇」，可「歸於對方」呢？字面上的意思和蘊藏於文句深處的意思相反，又是個「反語」。讀詩至此，「不忍」的情緒在心上踟躕，令人感同身受。

詩人之所以採用倒反的手法，以忍寫不忍以無情寫多情，就是要加強其藝術效果使表達的思想感情更深刻，更呈現多層次的波瀾。明白了這一點，就能領悟，「只」字在此詩裡是僅僅、唯一之意，「只因為」怎會被重覆。然而，最耐人尋味的還是「我」一番苦口婆心之後，究竟「分梨」了沒有？以我的淺見，即使不幸「分」了，定然貌合神離，藕斷絲連。因為，「你我」並沒有削破皮而後分梨的舉動，分梨只是要各留存一半作紀念之意，以目前先進的醫學技術。斷「梨」再植該不成問題。再說「你我終須——分梨」，「只因為，此時與此地」。反語，總是不直說本意。咀嚼此句的本意，豈不等於說易時易地或時過景遷，就不須「分梨」！

至此，雖然「我」已詞窮，卻於語後透出一絲希望的光芒，顯示不盡的詩意。讀後，分梨與否將在讀者的腦海裡繼續徘徊，情場上的新手和老將必各有不同的結論。

創作詩，不能沒有想像；欣賞詩，同樣也不能沒有想像。詩應含蓄，才能吸引人，才能讓讀者通過聯想、體會，增廣其涵義。讀這首詩，想着這首詩，眼前出現一幅圖像：詩人在果園裡分梨，領梨的人何止千萬，我發現自己擠在前側面的人群裡，尚未知能否取得一顆梨。

林泉的〈鏡〉欣賞

〈玫瑰與坦克〉（菲律濱詩卷）裡，有段評語：「在菲華詩壇中，林泉是位能入古今，縱橫中西的詩人。他的現代詩和他的古典詩詞，同樣享譽文壇……」讀林泉先生的現代詩，常有「風泉滿清聽」的感受。我想，這是詩人於現代詩創作時能古為今用，蛻變出新「招」而產生的藝術感染力。像李白〈月下獨酌〉的意境，在林泉先生的筆下是：

於月的銀燈下，
我獨斟一杯濃濃的夜色……

——（〈中秋月〉首段）

詩人流露的感情是真摯的，所表現的是與其性情相符的文靜好思，而不是牽強仿造「舉杯邀明月」或「起舞弄清影」的豪放。類似「高堂明鏡悲白髮，朝如青絲暮成霜」這種對歲月匆匆、人壽幾何的感慨，詩人在「生命之歌」一詩中曾如此設問：

老年人頭上積雪的光輝
是否與一根火柴燃燒的過程相似？

也許受古典詩詞的某些影響，林泉先生的現代詩意象婉約而斑駁。「積雪」，形象地描繪白髮與歲月俱增的情形，跟「一根火柴燃燒的過程」一增一減相映成趣。詩人問是否相似，顯然另有所指，讀者（因人而異），可能有多種的解釋。詩人藝術技巧的高明之處就在於留下寬闊的餘地，讓讀者想像的翅膀去飛翔。當然，詩的創技巧是多方面也是靈活多變的，從錘詞煉句、分行分段到擬定題目，樣樣都具學問、都得精雕細刻，絕非把一篇平鋪直敘的白話文拆開，分行排列成詩的模式那麼簡單。「光只是外形的摹擬，並不能保證內容一定是詩」（羅青語）而某些表面清淡的詩，是要經過慢慢細嚼後才能體味出來的。林泉先生的〈鏡〉就是這一類型的詩——

看來它是屋後那條清河
被剪貼在木框上的
潺潺的河水如今是靜止了
如今是更加清晰了
可是我乃錯誤的

木框上那條河於靜靜中依然在流
不然我的童年呢？
我青春的鬢髮呢？

詩人分四個層次經營此詩，而不只是傳統上的起承轉合。從字面上來說，前三段是寫鏡子在視覺上的觀感，尾段才突示主題，以不作答的自問方式收結。全詩文字淺白易懂，語氣平順；每行詩均以「平」音結尾，押韻整齊；以音韻表現詩人心平氣靜、獨自省思的情態。然而其詩意含蓄而曲折，卻沒有造成鬆散失黏的現象，可見林泉先生詩學造詣之深。

首段兩行，其實是一句話。詩人截取「看來它是屋後那條清河」作為第一行詩句，不單純是要以「河」字所含的韻母入韻（按國語讀音，這首詩中的語尾詞「的」、「了」、「呢」都唸輕音），用意有二。其一，「看來它是屋後那條清河」已具完整的意思。鏡是靜默的固體，河水是流動的液體，以「河」喻「鏡」正如「鏡」、「月」相喻，取其能「照人」的共同點。這行詩給讀者展示一種靜中含動的意象，以下各段的詩意將由此蔓衍。特別值得注意的一個字眼是「看」，讀者仔細欣賞就能體會，全詩都是「看來」的。

其二，「被剪貼在木框上的」自成一行，不但是為了讓讀者知道，「鏡」是普通一般人用的木框鏡子（暗示普遍性），其本身的字義又可引讀者聯想到畫像、照片等。由這兩行為一段，詩人運用象徵與暗示相結合的手法開頭，所蘊涵的詩的張力，待讀完這首詩則能心領意會。

此詩的第二段固然是承第一段發展推進的，但「潺潺的河水如今是靜止了，如今是更加清晰了」，並不是「被剪貼在木框上的」結果。理應解為「河水」於「如今」之前一段頗長的流程中，淘盡了枯枝敗葉，水面日漸「清晰」，「潺潺」之聲日漸銷匿，以至令人有「靜止」的錯覺。所以，詩人說：「我乃錯誤的，木框上那條河於靜靜中依然在流」。其實，這第三段與第二段各有不同的暗示，都意在言外。此段第二行是全詩最長的詩句，「木框」起首到「流」字結尾，簡直就是一幅總括三段的意境的長條畫。這裡，詩人安排一個同屬「平」音而不押韻的「流」字，表示音隨意轉，宛如音樂上的暫時休止，吸一口氣，為提昇到高一層境界作準備。如此，詩意隨音韻似斷又續，詩人的構想可謂精細。尾段兩句自問，其含意似乎是「不然我的童年怎會流逝呢？」「我青春的鬢髮怎會漂白呢？」但作為詩，則不宜太露，讀者才有餘味可咀嚼。儘管要揭示主題，詩人仍然很理智地控制住筆下的文字。

讀詩至此，讀者當能明白，所謂「河水」是象徵「時間」。而「鏡」，視為名詞時，則是「清河被剪貼在木框上的」形象；視作動詞時，則是「曉鏡但愁雲鬢改」（李商隱〈無題〉中的「鏡」字，照鏡子的意思。

詩人把「鏡」與「河水」兩種意象疊合，創造了如幻似真、既靜又動的意境，在詩意層層遞進的同時滲入推理的趣味，使讀者於「真相大白」後，仍欲罷不能地思索其「真意」。

雖然，像此詩這類題材的作品很多，大多數是「子在川上曰，逝者如斯夫」的延伸。但在林泉先生新的佈局下，令人感到另有一種理趣。沒有「聽見時間來了，我微笑等它」（月曲了〈房間曠野〉）那般處之泰然，也沒有「臨晚鏡，傷流景」（張先〈天仙子〉）的消極悲觀。詩人一開頭就告訴讀者，「那條清河」位於「屋後」。「屋」，使人想到「居家」及所處（異鄉）的生活環境。以我的理解，詩人的意思不是傍水卜居，而是背水而居。倘若讀者同意「生活也是一種戰鬥」，就能領會那是暗示不向環境屈服而「背水作戰」。這奮勇直前的步調，正與奔流不還的「河水」相和諧。故而，時間的長河帶着「我」的年齡與生活同步前進。詩人以河水的「清晰」、「靜止」暗喻步入中年後的「心明眼亮」，以及生活上的安定，「如今」對着鏡子，才意識到童顏不再，鬢髮凝霜；彷彿看到鏡子裡，一條清河靜靜地從腦門穿流而過。「我乃錯誤的」是句自警，生活的腳步是不能停止的，正如歲月永不停留一樣。

誠然，這首詩寫的是個人的生活經驗。但為生活奮鬥過的人讀之，將感同身受，因為，它深具普遍性。

獨特之曲——《月曲了詩選》讀後

在菲華眾多詩人的筆名裡，「月曲了」三字取名堪稱獨特。我曾想像，中秋之夜，千島上的孩童們含着月餅，口外的部份就是曲了的月——像上一代人飄洋過海的船，又像下一代人幸福，常開的笑口。這猜測雖不一定準確，但在月曲了先生的詩篇中，讀者當能感到類似的涵意。假如說，詩如筆名，那麼月曲了先生詩的語言，確實與眾不同，常能「曲」以盡意，藝術表現方法獨具特色。

先以新出版的《月曲了詩選》首篇〈小橋夜月〉第一段為例：

人散了
還有這些
身子挨身子
緊偎過來的大排檔
要和我對飲
論水中
破碎的月

在心情不好的河邊
未八月先中秋

這首詩的第一行至第五行，似可簡為「人散了，我還在大排檔獨飲」。但讀起來索然無味，激不起讀者感情的波瀾。詩人將人散後「還有」的物擬人化，填充了人的空缺，自有妙用。「人散了，還有這些」，給讀者一個意外，造成懸念。「……身子挨身子」「緊偎過來的大排檔」幾個轉折後才點明是「大排檔」，正想鬆一口氣：「原來如此！」接着又一個意外驚喜：「要和我對飲」。五行四「曲」，「曲」得有意思。同時，也讓讀者感受到「身子挨身子」的親熱，和「緊偎過來的」人情味。如此「曲」法，增添詩畫面上的美感，豐富字行間的詩意：勾勒出靜而不寂，孤而不單的情景，表達了在大排檔這個特定環境裡，一景一物都會觸動「我」的情感，儘管夜深淒涼，也覺得溫暖有人情味。至於，為何要跟「我」對飲，詩中沒有直接說明，讓讀者去細嚼。

從第六行至第九行詩句看來，「我」在大排檔裡顯然遇到鄉親，河邊暢飲而觸發鄉愁。本來嘛！凝望月光，最容易引起遐想，特別是那些背井離鄉已久的人。看「水中破碎的月」，便會聯想到離散的家人，心情肯定不好，幾杯澆愁酒下腸，倍增懷鄉思親之情。

「中秋」，是中國傳統佳節之一，「月到中秋分外圓」，中秋月歷來被用於象徵一家人的歡聚團圓。王維的名句：「每逢佳節倍思親」，早已成「獨在異鄉為異客」的口頭禪。由於此時「我」倍思親，心理上感覺似八月中秋佳節提前了（另含夜深涼如秋之意）。詩人巧取唐詩的「意」，脫化出「未八月先中秋」，創出新鮮的語言，營造一個既傳統又現代的意境。

再請看〈天色已靜之二——悼詩人王若〉的最後六句：

……
雖房間的燈火
照得你好痛
你也要留下
走入她的眼睛
住在回憶裡
永不再出來

這首詩通篇以細膩、含蓄、委婉的手法，表達對詩人王若（王國棟先生）的悼念之情。沒有淒淒慘慘、悲悲哀哀的字眼，全詩至此，才出現一個「痛」。而這「痛」字，意兼內外（房中、心中），陰陽兩用。令人一讀三嘆。

「雖房間的燈火，照得你好痛」。「燈火」，指電燈，點燃的燭火，燒紙錢的煙火。這種「既成事實」，對剛離開人界的「你」極為刺激，「好痛」！「你」（遺像）面對着「燈火」——「照」是因，「痛」是果。乍讀覺得「曲」，卻「曲」得合情合理。

作為詩人王若的摯友，在這種場合，最通常的用語是「節哀順變」，而月曲了先生偏不落陳套。他說「雖……好痛　你也要留下」向已「不在」的人勸說不要離去，使人驚訝，又「曲」了一下。其實，這些言語是勸慰「她」（小華）的。請看：「走入她的眼睛　住在回憶裡」。眼睛是心靈的窗戶，走進去即可直達心靈，「留下」「住在回憶裡」。月曲了先生的筆這麼「走」法，完全不露聲色、很自然地溝通陰陽兩界的「痛」感，從具體的眼睛記入抽象的「回憶」即心靈深處，「永不再出來」。這六行詩句，使虛實相映，因果相承，陰陽相通，「曲」得有層次、有深度，把寄托的情感推進到最高境界。這首詩由月曲了夫人朗誦起來，別有韻味，淒清感人，可見「曲」之妙。

月曲了先生的詩，之所以能讓讀者感受「曲」之美，我想，主要在於詩人創作時並非呆板地坐着，而是隨時移動對事物的觀察角度，甚至把自己投入意境裡，將本身的情感移植到景物上。故而，詩的語言就別具一格。

例如：

鐘聲悠悠
把一座古寺
搖入
母親靜悄悄的眼睛裡

——（摘自〈亡人節〉）

鐘聲當然搖不動古寺，但眼睛的「鏡頭」會隨鐘響左右晃動。

那沉着的石亭
不覺舉步
向我們行來

——（摘自〈中國公園〉）

當你靜坐在飛馳的火車裡，窗外的樹木會拚命向兩旁閃避，這現象牽涉到物理的相對性問題，學過物理的人對這類詩句，就能心領意會。

遊客們都在敲打着
都要知道你真實的年齡
只有我
走近炮口
因為在照相機內
我聽見你
一聲長長的嘆息

——（〈古炮〉第二段）

以拍攝的時間順序，啟開自動按鈕，「嘆息」聲就開始，然後「我」朝古炮走去。這裡詩句倒裝排列，使「遊客們」和「我」並列而產生對比；「一聲長長的嘆息」安置於末尾，作全詩的結句，顯示深遠的意味。詩人借古炮之口，嘆息眾人皆醉，迷於炮的「古」醉於「年齡」。「遊客」即是「過客」，雖然「我」也是人生逆旅的過客，但在這群人中，惟我獨醒，「只有我」欣賞古炮的「格」（請閱〈古炮〉第一段）。「走近炮口」，是撫慰？是深談？讓讀者去想像、體味。值得指出的是，這段文字，不僅「曲」得有趣，而且「曲」中隱藏着對人情世態的尖直諷刺。

創作詩的人都知道，「直言易盡，婉道無窮」，但要做到「婉」卻不是輕而易舉的事。月曲了先生的「曲」，就是屬於「婉道」的一種表現技巧，力求把無窮的餘味蘊藏於「曲徑」上，留給讀者去尋覓。但它必須在「意」與「境」，協調和諧的前提下進行，否則就會走火入魔，得不償失。《月曲了詩選》〈宴會〉一詩，藝術手法就「曲」得很自然。

朋友的宴會散了
把笑容像桌椅推回原位
清掃壁間恩怨
恢復地板空靜
莫將感情留下
而忘記帶走如一件外衣
順手關熄燈火
然後離去

讓分手像門門的那聲

清楚動聽

起首指出宴會的性質：幾位朋友的「會」。點明時間：談完了。結果：「散了」即化解了。「笑容」一詞是中性的。可以是冷笑、苦笑、訕笑……之容。談完了，應把宴會時顯露的「笑容」收起來，「像桌椅推回原位」，可見，「笑」得連桌椅都挪動了位置。也許，真的太激動，震落杯子、筷子之類的東西，地板上很不安靜；也許「笑」得口沫橫飛，牆壁上沾着恩恩怨怨的痕跡，「會」散了，就得「清掃壁間恩怨，恢復地板空靜」。

如果還念念不忘宴會時的「感情」，像遺下一件外衣，不就得重回「宴會」的桌面上來！所以「莫將感情留下」。離去之前，先把「火」熄滅，以防復燃。詩人用門門暗示結果，當一切都處理妥當，一清二楚，分手時大家心情輕鬆，「那聲」再見尤為「動聽」。

這首詩借宴會後「境」的整理過程，融入宴會時，一場「恩怨」的「意」，文句流暢自然，「意」「境」交融。

月曲了詩就是這樣，充滿感情、浸透想像，難怪他一大清早就有那麼多的事（「多事之晨」。打開詩集，在「自畫像」上看他鼻上塗着家鄉的泥，耳朵塞着貝殼；看他竟像小孩想吃「照片中糖果」（〈糖果〉）；看他去「圖書館」借書，「反被書借去」；看他〈獨飲〉時說，「……月光，已經三寸厚了」……我都禁不住拍案大笑。

的確，月曲了先生的「曲」，「曲」得有詩意，「曲」成自己獨特的的風格。

瑰麗的杯中世界——賞析謝馨的〈Halo Halo〉

詩的表現技巧中，有借景抒情，如「夕陽無限好，只是近黃昏」（〈登樂遊原〉，李商隱）；有詠物寄情，如「千磨萬擊還堅勁，任你東西南北風」（〈竹石〉，鄭板橋）。比較而言，後者難度為高，作者必須突出所詠之物的主要特徵，且要與自己的寄託相吻合。因此，選取典型性的「物」，是不容忽視的。

「Halo Halo」（菲語混合之意），係菲律濱一種冷飲甜食，以各式蜜餞、菓凍、牛奶、布丁、紫芋、米花等摻碎冰、冰淇淋攪拌而成。菲華女詩人謝馨曾以「Halo Halo」為題，由「混合」之意生發出種種聯想而創作。讀者不妨試試，當工作之餘，坐在柔軟的沙發上，室內飄散着清淡的茉莉花香，對着一杯「Halo Halo」繽紛的色彩，你會有多少不落俗套的想像呢？而女詩人的反應異常敏捷：

混血兒的風姿，便如是
閃過我腦際——融和着西班牙的
美利堅的，中國的
還有茉莉花香

飄揚的呂宋島的……而混血兒
他們說：都是
美麗的

——（〈Halo Halo〉第一段）

入目一杯美麗的「混合」，腦際立即顯現「混血兒的風姿」。追溯歷史，西班牙人、美利堅人、中國人對菲律濱的政治、經濟、文化等等都深具影響。「混血兒」，無疑的是人與人感情「融和」後的產物——愛的結晶——「都是美麗的」。第一段裡，女詩人聯想寬廣，文句靈活而自然，讀起來瑯瑯上口，似乎毫無「心機」，卻隱伏着深遠的寓意。

也是象徵一種多元性的
文化背景——不同的
語言、迥異的風俗
習慣、宗教信仰
和生活方式……像各色人種
聚集的大都市，充滿了神秘
複雜的迷人氣息

——（〈Halo Halo〉第二段）

你如果品嚐過Halo Halo，就知道那些菓凍、布丁、米花……雖然混合於一杯中，卻仍然保持着各自獨特的風味。正像女詩人在此詩第二段裡，給我們勾勒的這樣一個自由、進步的社會——不同的語言、風俗、習慣、信仰以及生活方式並存，相益得彰。女詩人巧妙的構思，貼切的比喻，使這首詩散發出「迷人氣息」。接下去的第三、四段，讀者便能欣賞到女詩人是如何把「Halo Halo」描繪得有聲、有色：

又像是
一個熱鬧的大家庭
Home Sweet Home
充滿了笑聲、歡樂
與愛，在信奉天主教的國度
人口的節制，是違反
上帝的意志。而傳統的
東方思想，又是那樣重視
家族的擴充和子孫的繁衍……

其實，這是一個慶賀豐收的
嘉年華會啊！

家家張燈結彩
處處歌舞通宵
看！那麼多
那麼多豔麗的色衫——紅、橙、黃、綠
青、藍、紫……都在我杯中
閃耀

把兩段詩連起來欣賞，讀者即能感受到類似電影鏡頭轉化的趣味。

第三段，為室內鏡頭：充滿歡愉的大家庭裡，子孫滿堂（不受節育的限制），衣着花花綠綠的，一個個蹦蹦跳跳……（鏡頭漸漸拉開距離）那些閃爍着的紅黃藍紫，則化作家家張燈，處處歌舞的室外景。驀然，鏡頭緊縮，所有的「閃耀」一下子凝聚成Halo Halo「在我杯中」。如此變幻，巧妙地達到首尾呼應的藝術效果，若將此詩製作成配樂錄影帶，供現代詩愛好者觀賞，一定十分精彩！

這首詩共四段，雖然各有獨自的意象，卻斷中有續，形成總體上的連貫性：貌似鬆散，其實結構完整、嚴謹。

當一杯Halo Halo端來，或許，那位服務員就是混血兒，女詩人視覺器官的直感是：「美麗的」。由此而引起的聯想，則充實了第一段詩的內容。以靈感和靈氣創作的詩，「便如是」令人賞心悅目。

第二段是挑樣品嚐時的聯想。

既然第一段以人（混血兒）喻物，如今咀嚼各種不同的滋味，便想到「各色人種」，及其「文化背景」，他們竟相安無事地「混合」，沒有互相吞併或歧視，的確「允滿了神秘」，如此自由、和平的天地，怎能不「迷人」呢？

思想中，小湯匙輕輕攪拌着「混合」物，杯子裡開始〈熱鬧〉，碎冰碰撞着玻璃杯，連連發出清脆、歡樂的笑聲。大混合後的滋味是甜的，世界名歌〈Home Sweet Home〉禁不住從流暢的筆墨滑下，自詩行裡唱出來。參照前兩段「混血兒」、「各色人種」…第三段的「大家庭」一詞，顯然是指「人類社會」；詩中的境界：是「世界大同」的境界，人對人已沒有「節制」力，上帝才是唯一的主宰。

第四段聯想比喻的文字，也可以說是第三段詩意的延伸與擴張，把全詩推向高一層的境界，展現出國泰民安、五穀豐登太平盛世裡的嘉年華會場面。試想，要不是社會安定，風調雨順，何來「混合」之物「在我杯中閃耀」。這尾句，耐人尋味。它牽引讀者那雙沉醉於理想景色的眼睛回歸現實。當我們憧憬自由、幸福之時，請別忘記杯中的Halo Halo「粒粒皆辛苦」。新式的導彈爆炸不出米花，蠻橫的專制壓迫不出冰淇淋，仇恨敵視更製造不出各式的蜜餞；倘若田園荒蕪、民不聊生，日子都難得混，又怎能「混合」一杯Halo Halo。

此詩意象絢麗多彩，但每段都緊扣住「混合」之意，表現技巧純熟，隱去品嚐的過程，集中展現內心活動，將理想世界描繪得越完美，就越能反襯現實社會的千瘡百孔，讀者越能領悟愛心的重要，體會博愛精神的偉大。

這樣的詩，突破了女性詩人慣常的「閨情」，以開闊的胸襟、靈巧的文筆，營造一個人類夢寐以求的理想世界，較之男性詩人借酒抒發豪情壯志，絲毫不遜色。特別是，杯子裡盛着異國的Halo Halo，它的名稱、本身的色彩，以及香甜可口的滋味，足堪讀者玩味和遐想。

詩之美——給一位朋友的信

近來，你對現代詩感到興趣，希望「交換點讀詩心得」——我很樂意接受你的提議。雖然有關詩學上的問題，我從來沒有系統的探討過，所知道的只是些皮毛而已。但我會知無不言的，若有不妥之處，來信時請給予指正。

詩是多樣的（無論傳統詩或現代詩）。有的抒發愛國憂民之思，有的表達恩怨恨愛之情，有的描繪湖光山色之景……我認為，能成為傳誦千古的優秀詩篇，與當時選用何種題材創作並無多大關係。例如：杜甫的〈石豪吏〉、李白的〈蜀道難〉、白居易的〈長恨歌〉、崔顥的〈黃鶴樓〉、張若虛的〈春江花月夜〉、文天祥的〈正氣歌〉……等等，同樣的一直流傳到今。

真正好的藝術作品，都具有強烈的「魅力」，使讀者如癡似醉，廢寐忘食。宋朝詩人陸游少年時，「偶見藤床上有淵明詩，因取讀之，欣然會心，日且暮，家人呼食，讀詩方樂，至夜，卒不就食。」以我個人經驗來說，讀到好詩時，有直覺的清新感，咀嚼下去，越賞味道越美。美就美在詩篇一開頭就吸引人，自然流暢的語句不斷誘發我們的想像力，直至結尾還令人繼續浮想聯翩；作者所表達的意思，獨特而巧妙。如果你覺得這樣講太「理論」，請看下面一首小詩：

大旱之眼仰望
霓裳，徐徐飄落……自天體
無雲的晴空，該有一幅
皎潔的月——啊！那樣渾圓的輪廓

而羽衣緩緩鬆解後的
天鵝湖，是一片明淨原始的
赤裸——啊！那樣的山，那樣的水
那樣柔和的線條

此詩是菲華女詩人謝馨的〈脫衣舞〉。

脫衣舞也是一種藝術，舞者經過一段時期的嚴格訓練，通過考核才正式登台表演，配合着樂曲的旋律，給觀眾以線條動態美的欣賞。當然，觀眾是各種各樣的。如遊覽名勝古剎，藝術家的眼睛是端詳壁畫裡的構圖、組合，以及台柱上書法的古樸、蒼勁。而老鼠們的眼睛卻專注於供桌上的包子和尋找牆根下的洞穴。也許，你會說，世界上老鼠絕對比藝術家多。那是屬於詩外的問題，這裡不管閒事。

若用散文形式來寫「脫衣舞」，或許要渲染一下表演場所的氣氛，描寫一番舞者窈窕的身材，優美的舞姿，交代幾筆觀眾的反應等等。但是，詩就是不一樣，詩是「真實同想像美滿結合誕生的嬰兒」，作者要運用特殊的技巧去創作。

此詩第一段寫舞台下觀者內在的思維。

「大旱之眼仰望」即渴望。誰在渴望着觀賞演出呢？作者沒有指明，卻有暗示。這種表演，舞者一般都是女性，觀者大多數是男性（兒童不宜觀看）。「旱」、「漢」諧音，「大漢」即是大男人。「仰望」表明觀者在台下。寥寥幾個字，精簡、準確。寫詩的人要相信讀詩的人有足夠的能力思考，千萬別把詩寫成「說明書」。

「霓裳，徐徐飄落……自天體」這第二行詩句寫得頗巧妙。不是妙在句型的倒裝，而是使讀者和「大旱之眼」一起看到，仙女的衣服（霓裳），徐徐、輕輕的飄降，想像那舞者的動作有仙女般的飄逸輕盈。略一凝神，似乎還可以聞到古雅優美的「霓裳羽衣曲」。

第三行詩句裡，一個「該」字點明了「脫」前觀者內心的思維活動，同時描繪出舞台上的情景：四周燈光熄滅，唯留一束圓形的光柱照射在舞者身上。這一幅畫，正是「無雲的晴空」裡有一輪「皎潔的月」！薄紗之內隱約的輪廓是那樣「渾圓」。至此，諸者會禁不住與詩中的觀者同時發出讚嘆。原來，「月」就是「裳」飄落下來的那個「天體」。而我們都知道，月，屬陰性；在字典的部首裡，「月」與「肉」有着微妙的關係。「晴空」即不掛一絲雲，也無布雨解「大旱」之渴望。顯然這是有別於邪道行業的藝術表演。由此可見，作者文字功力之深厚，詩中的含蓄美，簡直無以復加。

此詩第二段寫舞台上人體的線條美。

「羽衣緩緩鬆解後的」。詩句故意一頓，然後於第二行突出「天鵝湖」一詞，中西合璧銜接得天衣無縫，實在高明。作者把「霓裳羽衣」分開，果然另有妙着，營造出互相關連的意境，引導讀者去聯想，聯想芭蕾舞劇《天鵝湖》中，天鵝的「羽衣緩緩鬆解後」動人的情節；引導讀者去想像，在管弦樂清晰悅耳的旋律下，舞者漸漸凸顯「一片明淨原始的赤裸」。這種牽引的手法，可充分發揮讀者的想像潛力，以達到事半功倍的效果。

想像，是創作詩和欣賞詩的共同法寶。作者通過想像創作的意象，讀者也必須通過想像進行再創作。第二段的第三行有兩個感嘆：感嘆「那樣的山」，感嘆「那樣的水」。所謂「山」「水」，是寫詩常用的一種技巧：「替代」，善於想像的讀者很快就會領悟所替代的是什麼。「山」主靜止、挺立；「水」主流動、平伏。舞者的動作，就是靜與動的有機結合。隨樂而舞，剛柔起伏無不牽動着人體「山水」線條的相應變化，淋漓盡致地呈現出賞心悅目的「柔和」美。

〈脫衣舞〉一詩雖小，意境卻廣闊高遠。引發讀者聯想，想像的範圍涉及古今中外，全詩卻嚴謹而不鬆散。起首「仰望」，「柔和的線條」結尾，三個感嘆其中，結構完整，主題思想明確。作者技巧運用純熟，行筆輕快，靈活，一字兩用，一詞多義。全詩給人的感覺是清新而不繁雜，秀美而不嫵媚，雅趣而不庸俗。

在探討中學習——讀和權的〈觀棋〉

我對現代詩產生興趣是近兩年的事，「漏」掉了這以前的許多佳作，常引以為憾。當我發現自己讀「懂」和權先生的〈觀棋〉，暗自欣喜——由此舉一反三，多看通了好幾篇別的詩作。本人罔顧淺陋把一丁點心得寫出，請讀者批評、指正，以期收拋磚引玉之效。

我們先看一遍〈觀棋〉：

兩軍對峙
分裂的疆土
滿佈陷阱
隱伏殺機
紛爭肇因於不同的
色彩

圍觀者

熱血沸騰
或支持紅方
或擁護黑方

冷眼
瞅着
精神緊張的
觀棋者
不禁自問：
我們需要
楚河漢界？
我們需要
鬥爭？

此詩，文字淺白，文句清晰。

詩人描寫紅黑雙方棋子在棋盤上劍拔弩張，引起外圍觀眾的緊張神態。因此，詩人自問，「我們需要鬥爭？」初讀感到這首詩起承轉合分明，結構上緊湊，意思層層推進，此外別無奇特之處，它只不過紀錄了生活中很平常的事，作者還書獃自問，簡直令人發噱。有人下棋，有人觀棋，各樂在其中，干卿底事！經細心阻嚼領會，才發現詩人很巧妙地運用「隱中求顯，以小見大」的寫作技巧，我茅塞頓開！

要欣賞一首好詩，就得一句句看，逐字逐句推敲。

詩人用字很經濟。「兩軍對峙」，僅四個字，是「棋」的本「象」，也是隱「意」的中樞。這句自成一段，留下一瞬停頓，讓讀者產生懸念——「為何對峙？」、「打起來沒有？」令人情不自禁看下去。

第二段前三行，用十三個字，就淋漓盡致地描寫了「兩軍」各據一方，千鈞一髮的「對峙」，含蓄地透露出其主因是「不同的色彩」。欲知何樣色彩，請看下段分解。隨詩意逐層遞進，詩趣也逐層提高。

為了避免平鋪直敘，第三段開始，詩人並不急於交代「色彩」問題，筆鋒一轉，落在棋盤外。於是「棋」外諸君子的思想觀點，全躍然紙上；詩人妙筆一點，「色」不知不覺地塗在他們的「眼鏡」上。行筆至此，「畢象盡理」，似乎完整了。但眼明的讀者必然看出還有兩個「洞」。其一，詩人的「情」還沒有表露。其二，「棋」是中國象棋，還是國際象（跳）棋？（圍棋是黑白兩色）。

顯然，詩人的構想是精密的。在第四段裡，這兩個「洞」被補得天衣無縫。

特別值得指出的是，詩人技巧高超地把「楚河漢界」留到最後，起「點睛」作用，從而揭開了層層的「意」。

「楚河漢界」是中國式象棋的「商標」。「真相」大白後，回頭再讀前面各行詩句，詩人想

「隱」的東西都「顯」出來。

紙製的棋盤上，紅黑雙方中間隔着一道水域（楚河），「以小見大」，我展開想像的翅膀，對首句「兩軍對峙」，選詞用句的精確，嘆服！「分裂的疆土、滿佈陷阱、隱伏殺機」這是經過一場激烈的戰鬥後，形成一個僵持的局面——很準確、簡煉的文字。

這是一篇讀起來很「靜」，而內心卻波瀾起伏的詩篇。全詩「聞」不到打鬥或槍炮聲，即使「棋」內的風雲變幻，引起「棋」外人士「或支持紅方、或擁護黑方」，甚至於「熱血沸騰」、「精神緊張」，也沒有大呼小叫的字眼出現。詩人本身只是「冷眼、瞅着」，悄悄「自問」，完全符合詩題的「精神」：觀棋不語。

「楚河漢界」的雙方，指的是漢高祖劉邦和楚霸王項羽。秦王朝滅亡之後，楚、漢雙方為爭天下而「分裂」而長期「對峙」，幾千年前的故事，今天還重演，詩人觀棋興嘆，抒發了深厚愛國憂民之情。

「我們需要鬥爭？」凡注意國內報章雜誌的人，都會明瞭「鬥爭」一詞所涵蓋的深度、廣度，遠勝於其他的同義詞。無疑的，在此用得既準確而中肯。

「一篇全在結句」。詩人「自問」意在言外，發人深思。

白居易說：「大凡人之感於事，則必動於情，然後興於嗟嘆，發於吟咏，而形於歌詩矣。」詩人必然是感於事、動於情，才運用藝術技巧，千錘百煉完成一篇作品。輕易讀過，豈不是辜負了作者的一番良苦用心。所以，我一讀再讀，為的是有朝一日，感於事、動於情時，也能寫出一篇像〈觀棋〉這樣文詞平易，意深義高的上品。

讀王勇的詩

菲華詩壇有位年輕高手，他的作品不僅常見於此地的華文報上，也刊登於國內及東南亞的報章、雜誌。約有《人民日報》、《詩刊》；台灣《創世紀》；新加坡《五月詩刊》；《香港文學》……等等。一個人的作品能獲得文壇各流派的肯定，足見其作品的思想內容健康、純真，藝術技巧已臻或接近成熟的程度。他，就是讀者所熟悉的王勇先生。按估計，他已發表的現代詩早已逾百篇，就我零星收集到的數十篇看來，對這位詩人的創作已略見一斑。

現代詩，乍讀之下，固然像是把要說的話，拆散成分行的短句排列；有的人在字裡行間多點綴些形容詞，便以為增添了「詩意」。其實不然。雖說，詩跟其它的文學作品一樣是通過一定的藝術性文字安排，豐富、深刻其思想內容，但詩之意，往往不是直中取，而是曲中求，此即所謂「藏而不露」。一篇「告示」，儘管結構嚴謹，語法準確，文字簡煉，也絕對不是詩。

唐李白的〈靜夜思〉（床前明月光，疑是地上霜，舉頭望明月，低頭思故鄉。）平淡無奇的二十個字，沒什麼驚人之處，竟能傳誦至今，那是李白巧妙地把思鄉之情濃縮於仰俯之間，溝通讀者的聯想、想像；李白的詩，不以理說人，是以情動人。反覆閱讀王勇先生的詩作，我發現詩人不但想像力強，感情豐富，更可喜的是在他各種不同題材的詩中，都貫穿着一股真摯的感情。聽，請聽：

我的心跳多次把思念
向你猛烈發報

——（〈在那些獨坐的夜晚〉）

多麼年輕、激動的感情，多麼貼切而又飽含現代韻味的比喻。詩人以生活中可見的形象，表現不可見的「思念」，較「輾轉反側」、「徹夜難眠」的形容來得鮮活。情人節前幾天，就常有人到電訊局去「發報」，不是嗎？

這位定居於千島之國的詩人，正是帶着一股年輕的熱情，把他的觸鬚伸向生活的底層。他訪問「跪在繁忙的交通路口」「越野的馬」，瞭解它「還想站起——跑更遠的路」的雄心；他在沙灘「拾撿海螺」，聆聽「海螺裡——祖先飄洋過海的歌」；他到「貧民窟寫生」，因為「這裡的風景最美麗」。讀那一行行毫無作假的詩句，令人頗感真實、親切。他告訴讀者，「在電影院裡」，「對着那些新新舊舊的故事——我擔心會遇上自己」。這種天真、自然的話語背後，你不覺得蘊藉着耐人尋味的深意嗎？「含不盡之意於言外」，是好詩所應具有的特色。

讀者定然有興趣知道，這位感情豐富的詩人，是如何解決情要奔放、意要含蓄的矛盾。請看被選入《玫瑰與坦克》（菲華詩卷——張香華主編）的那首〈一封待寄的信〉：

又在想你，想你了
攤開紙張竟有點茫然

深覺白色一天天迫近
寫完最後一字，秋
深了，巧然一片楓葉
跑進窗來，憩於信上
我發現這片火紅火紅的
葉子，跳動着什麼

思念，反覆地思念，情思泉湧，「攤開紙張」一時卻不知從何下筆；而當真動筆，激情難禁一頁接着一頁地疾書（在日曆本上即為「一天天」）。甫寫畢，覺得悃然若失，一片涼意卻上心頭。此詩第一段，詩人運用形象思維方法，借季節時序轉秋，氣溫變化規律，讓讀者去聯想與此相似的，激情由興起到在這信箋上得以發洩的過程。進而巧妙地自「秋」引入「楓葉」，象徵性比喻一顆冷靜後的心，依然保留住熱燙的顏色。為第二段詩作伏筆。

問你近來生活可好
窗外搖臂探首的樹友
可嘮叨了一下午
領悟了一切言語都是多餘
我給你只捎去一葉

血豔的楓
讓這遠方的火熱，為你
在即臨的冬天解寒
此時，你當懂得
裡面的傳說和預言

此詩第二段，詩人描述了窗外的「樹友」見「我」在給「你」寫信，「嘮叨了」許多向「你」問候的寄語。可見，「你」「我」曾有一段在樹下促膝談心的從前。然而，此時「領悟了一切言語都是多餘……我給你只捎去一葉……血豔的楓」，把第一段的詩意推進深一層。按常理「遠水救不了近火」，可是愛情會出現奇蹟，收到「遠方的火熱」，即使在寒冬也會感到溫暖。一封信——「一片楓葉」——一顆「跳動着」的心。

若把感情
牢牢種在
心裡
那麼，每一次萌動
都將牽扯彼此的脈搏

我想，詩人這首〈葉〉的第二段，應能讓讀者進一步領會「一封待寄的信」裡另一層旨意。讀者曾見過楓葉吧，在那上面，不是紋着一條條「根的牽掛」（「葉」）嗎？

是的，就是這「根的牽掛」，促使詩人屢次歸國探親，都對「素未謀面」的祖先獻上一份後裔子孫的敬意。但詩人還只是一個學生，雖然滿載（情意）而歸，卻無能力大興土木，修建祖墓，所以詩人誠實地說：「不敢驚動您」。

每次歸來，我都會去探您
那裡沒有路只有野草
……
輕輕，我不敢驚動您
站在您跟前
我沒有淚沒有下跪
彷彿是一棵落根的樹
沉默在您寒冷的身邊
泥土下沒有光線
我就用無數雙手摸索
只想，只想緊緊握住您

從摘錄自「不敢驚動您」前兩段中的部份詩句，讀者即可感受到動人心弦的親情，再咀嚼體會，震撼力會更大。詩人「只想緊緊握住」的，不就是鄉土？不就是祖國的大地？顯然，詩人借對祖先的探望，抒發了對祖國、對家鄉那份飲水思源的純厚感情。這種寫作手法，在詩人表達對〈爸爸〉親情的詩篇裡，又可再次欣賞到：

爸爸的草鞋
濕而且爛

爸爸曾穿着它
背我翻山越嶺
如今，爸爸的草鞋
靜靜地靠在海外
可是我知道
這雙草鞋裡
藏了好大的一片土地

——（〈爸爸的草鞋〉）

吳昊前輩在〈閃爍的星群，略談菲華現代詩展〉中推介過，這裡，稍作一點補充。

此詩第一段，「爸爸的草鞋濕而且爛」本是一句話，詩人把它作兩行排列，目的在於突出「濕而且爛」，及其另一層含義。起首一行，先在讀者面前擺出「草鞋」，連帶着暗示其主人的身份。第二行固然是形容草鞋的破舊之狀，但說明了「爸爸」跋涉的艱辛。詩人以含蓄的修辭技巧，借草鞋寫「爸爸」，在文字之外，在讀者的聯想裡，呈現出「爸爸」上得山，下得海，肩負生活重擔的勤勞形象。

第二段的一、二行，以白描的手法，寫「爸爸」帶着「我」背井離鄉。第三、四兩行，詩人筆鋒又轉含蓄，以草鞋擬飄洋過海的船。「靠」字含暫且，等待返航的意味。

第三段，「可是」二字，把第二段的詩意鈎連過來；「好大的一片土地」暗指「大陸」之意。當然，「草鞋裡」怎能藏「土地」，此處，詩人以物擬人，指的是「爸爸」的腦子裡。把前面的詩意貫穿起來，可理解為：如今，爸爸雖旅居海外，可是我知道，爸爸的腦子裡，牢記着大陸的故鄉。

由於「草鞋」是「爸爸的」，可視為「爸爸」身上的一「部份」。詩人靈活地運用「虛」（思想、概念）「實」（具體事物）轉化的技巧，在層層遞進詩意的同時，使意趣疊生。必須指出，「爸爸」是千千萬萬海外遊子的一個代表。讀者「以小見大」，便可知道，詩人通過對「爸爸」的描述，意在抒發海外華僑對故國、對故鄉的思戀之情。這種感情是珍貴的，何況是發自一個海外年輕人的心靈深處，唱出的詩歌！

一首能引起讀者共鳴的好詩，必需做到真摯的思想感情和高度的藝術技巧熔合一爐。綜觀上述詩人的力作，可見他之所以能多次獲獎，在藝術高峰的攀登上，是下了一番苦功夫的。誠然，獎是已取得成績的見證，是對未來的鞭策和鼓勵；它代表過去，不等於未來。但「世上無難事」，一個力求上進的詩人懂得，要深入生活去挖掘更多的素材；要胸懷坦蕩，敢於接受批評，勇於改進自己。這樣，才能吸取更多的新知識，掌握多樣化的藝術表現技巧，才能更上一層樓。

讀者目前所看到的，不算是詩人的顛峰作品。在他的個別詩作中，還有遣詞用字不夠精確之處；作品的藝術感染力方面，尚待增強等等微瑕。詩人還很年輕，風華正茂，流沙河前輩給他的題詞是：

我們都去了
你還在
努力吧

贈王勇君
——他最年輕

相信不必等得太久，將能欣見到王勇先生的上乘詩作頻頻出現。

諷刺詩欣賞

有個聽來的故事：「某甲見某乙蹲在門口刷牙，一時觸動靈感作首詩送給某乙：

潮潮濕濕
連毛塞入
磨磨擦擦
黃漿白汁

某乙也是個才思敏捷的人，知道某甲譏諷自己刷牙之狀，即刻回敬他……」

像這種詩（及其故事），常是市井、鄉野下酒佳餚的佐料，雖然流傳甚廣，但因含意淺陋且有不雅之「涉嫌」，故不能與完美的藝術形式和深刻的思想內容相結合的諷刺詩相提並論。

諷刺詩，《詩經》裡早已有之。如〈小雅・巧言〉諷刺以花言巧語亂政；〈小旻〉、〈正月〉〈小井〉等等，也都是些題旨鮮明，比喻精切諷刺幽王且發人深省的好詩。其多數採用寫實的手法，寓意於鋪陳抒寫，詩意明朗，較之誇張的手法，其藝術效果也毫不遜色。

好的諷刺詩就好像好的漫畫一樣，取材於生活，以小見大，揭露現實社會中的假、醜、惡。中唐時期的傑出詩人白居易，就曾以他的理論「美刺比興」說（或「風雅比興」說）創作出〈新樂府〉五十首、〈秦中吟〉十首着名的「諷諭詩」。在現代詩盛行的今天，重溫「美刺比興」說，令人更羨佩白居易的卓越見識。例如「篇無定句，句無定字，繫於意不繫於文。」現代詩不正是這樣嗎？「非求宮律高，不務文字奇。」要求詩的文字順暢，韻律自由，以便易於傳播，易於理解以達告誡的目的。閱讀那些用口語創作，旨意明顯的現代詩不正是這樣嗎？針砭時弊，白居易〈紅線毯〉一詩，直指「宣州太守」、「其言直而切」；結句「地不知寒人要暖，少奪人衣作地衣。」多麼強烈的對比，多麼有力的怒斥。詩人憤慨之情盡現。諷刺的鋒芒畢露，「其辭質而徑」，偏離了「溫柔敦厚」的詩教，在詩的表現藝術上，作出新的突破。

諷刺詩像白居易這種寫法，一般人難以恰如其份地掌握住文字，往往會因逞一時之快而「失控」，辛辣、尖酸有餘，含蓄、深刻不足。因此，要創作好一首諷刺詩，非經過千錘百煉不可；能欣賞到一首好的諷刺詩，定然受益匪淺。筆者不久前於報上看到旅美詩人非馬的〈被擠出風景的樹〉細品之餘，覺得內涵深廣，感觸良多。原詩如下：

被擠出焦距
樹
楞楞地站在那裡
看又一批
咧嘴露齒的遊客
在它的面前

凡持過照相機（非全自動的）拍過室外照的人都知道，取景時若以「樹」為主體，鏡頭則對着「樹」調焦（Focusing），若有人進入風景站在「樹」前，鏡頭則需對着人臉部調焦，這時鏡頭向前推進，原本的主體「樹」宛如是被擠到焦距外。然而，假如站在「樹」前的人不多，「樹」的形象依然存在於照片裡，當人多勢眾，風景被「霸佔」，「樹」就不僅僅是「被擠出焦距」，而是「被擠出風景」了。

這首詩以「樹」代表「風景」中的主體，象徵一種與世無爭、善良的形象。詩人把「樹」擬人化，讓它具有人的性格。起初它只是被擠出焦距，莫名其妙，楞楞地站在那裡。君子之腹的確難測小人之心，竟然又有一批人，也來搶鏡頭（世上野心者何其多！）只得繼續楞楞地站着。此詩第三行的文字，前後兼顧，把「樹」對人們爭權奪利不理解的憨態，形象生動地呈現在讀者面前。詩人以「樹」的不幸結局為題，更醒目、更能揭示「遊客」的霸道，更清楚地表明詩人諷刺與同情的立場。

非馬的小詩一貫清奇精巧，用字凝鍊、準確。這首詩也不例外，「楞楞」既是「樹」本身的體態，也是木納、忠厚人的神態。「咧嘴露齒」形象地勾勒出那些相互爭奪「風景」的嘴臉，配合最後一行裡「霸佔」二字，使讀者增添聯想、加深印象，頗為傳神。「遊客」一詞與「風景」搭配得順理而自然，巧妙地暗示名利權勢（風景）紛爭時，那種走馬燈式的人物（遊客）更換。記得國內「文革」動亂期間，出現過「外行可以領導內行」的局面，各部門、各單位裡的「樹」都「楞楞地」靠邊站，「風景」全給外人「霸佔」了。正如這首詩所描述的，先「被擠出焦距」，而後「被擠出風景」的情形。但「樹」畢竟是紮根在「風景」裡的主體，「遊客」終究是過客。暴風雨來臨時，誰見過遊客還站在風景中「亮相」，而樹總是責無旁貸地迎風迎雨。這首詩力道強勁地衝刺社會的黑暗面，對「樹」寄以無限同情，很容易引起讀者感情的共鳴，特別是對那些過來人的震撼更大。

菲華詩人和權的〈詩人〉，是用另一種表現手法創作的諷刺詩。

詩人們
圍坐在樹下
一壁喝酒，一壁
爭辯國事
繼之以
給詩下定義

我一回首
看到了
溪流的喋喋
袒裸胸中的沙石

在這首詩裡，詩人給讀者描繪兩個畫面：一是樹蔭下「詩人們」圍坐着邊飲酒邊各抒己見；一是淺溪多沙石，聒噪而水沫四濺，讓讀者去繫結其內在共同之處，以達諷刺的目的。

眾所周知，「詩人」即是寫詩的人。嚴格地說，其詩作能夠在文學藝術領域裡佔一席之人才稱得上詩人。此詩所諷刺的顯然是那些自命不凡的寫詩的人，作者安排「詩人們」聚集一起「喝酒」、「爭辯」，是經過「典型性」選擇後下筆的。或許，李白的形象以及其詩篇給後世的影響太深，在人們的印象中，詩人和酒似乎是分不開的。既然「詩人」聚會，則免不了要飲酒助興，免不了要發表宏論，顯示各自高深的學識，標榜自己的傑作，因此引起爭辯在所必然。

一個人的作品跟他所處的環境，經過的遭遇關係極大。總而言之，民族矛盾尖銳化時代，表現愛國情操的作品較多，戰亂時期，描寫民間疾苦、離愁懷鄉的作品較多等等，說明文藝作品是隨時代而變，因人而異的。至於對文藝作品優劣的評斷，國度不同標準也不同。在集權專制下，強調文藝為政治服務，在民主制度裡，則主張自由創作。可想而知，詩中「詩人們」「一壁喝酒，一壁爭辯國事」，其實辯的是詩創方向的問題，「繼之以／給詩下定義」一句說明了這一點。然而，這是一個大論題，豈是三言兩語或區區一小撮人能解決！可愛的「詩人們」偏要「給詩下定義」，設置文藝創作一成不變的框框，荒謬之至。為突出這首詩的諷刺重點，「給詩下定義」另立一段，來個特寫鏡頭。妙！

隨着「我一回首」，畫面旋即一變，讀者看到「溪流的喋喋」「袒裸胸中的沙石」。

「我」，抑是從「詩人們」脫穎而出的覺悟者。「回首」，即「回顧」、「回想」之意。本來嘛，對事物的認識總需有段時間過程。虛懷若谷力求上進的人，能不斷吸取經驗教訓，反省自己，擯棄誇誇其談的作風，專致於創作實踐，定有希望進入真正詩人的行列。

最後兩行詩句，以「溪」喻「詩人們」，由表及裡，深刻、生動地映現出「詩人們」信口開河、嘮嘮叨叨像流溪喋喋個不休；胸無點墨，像清淡底淺的小溪，儘是些食古不化的沙石充塞其中。如此既含蓄又尖銳的諷刺，正是現代諷刺詩的特色。

由於諷刺詩在創作時從形形色色的社會動態裡選取典型意義的素材，所以，讀者欣賞諷刺詩會感到「眼熟」，或是自己，或是身旁某人的言行再現。筆者愚見，狹窄的個人感情發洩，為諷刺而諷刺的創作態度是不可取的（如「刷牙」一詩），捕風捉影、臆測的讀詩態度亦然。現代諷刺小詩，應像把鋒利無比的匕首，戳穿虛偽的遮羞布；文字高度濃縮、精切，以鮮活的象徵意象給讀者明朗的啟示或嚴肅的告誡。當然，其主題思想以反映現實社會為上。

字簡語淺　情真意深——各具特色三首詩欣賞

翻開《創世紀》詩雜誌（一九八六年九月出版），在目錄「菲律濱華僑詩選」之左，我看到王勇先生的〈海螺〉。

海螺，雖然沒有金子那麼高貴，卻像金子那樣：「儘是沙中浪底來」（劉禹錫〈浪淘沙〉）。海螺，在海沙中磨練，飽受苦鹹辛澀的浸蝕，奇貌異相的硬殼內面，光色豔麗。

海螺的歌，是漁船出航遠征的號令，是與大風浪搏鬥的戰歌，是歸帆凱旋的軍樂。海螺的歌，是空谷秋夜的簫聲，是面對未卜命運，悲涼淒清的驪歌，是四處漂泊的流浪者孤寂天涯路之歌。

沿海一帶及島嶼上的居民，無不熟悉海螺的生活，無不同情它們的遭遇，無不讚賞它們的性格；小孩子們尤其興趣拿着海螺，嘟着嘴唇學唱海螺的歌，因此，詩人不再多費筆墨描寫海螺，而是運用設問技巧，促使讀者去思考，俾其形象更更豐滿，寓意更微遠。

在沙灘上
撿拾海螺

只想聽一聽
海螺裡
祖先飄洋的歌

為什麼今天
海螺不上岸
難道說
此岸
也沒有它們的家

藍天白雲，碧海雪浪，金色的沙灘上，有人正在「撿拾海螺」。此詩開頭兩行，呈現一幅清新、悅目，且透出一股怡然生活氣息的畫面。使人聯想到現今於海外出生的新一代，在依山傍水、風和日麗的環境下學習、生活，他們（大多數）沒經歷過背井離鄉，流離失所的痛苦，更沒嚐過櫛風沐雨、飢寒交迫的滋味。他們（主動的）願意「聽一聽」「祖先飄洋的歌」，乃是「天性」使然吧！

這首詩的境界，並非局限於「君自故鄉來，應知故鄉事」（王維〈雜詩〉），想聽「故」事而已。如果說，「海螺」是象徵飄洋過海的上一代人，那麼，第二段裡，詩人以孩童的心態，提出兩個表現在上一代人身上的問題，顯得既天真又嚴肅。

「為什麼今天，海螺不上岸」。很明顯，這是一個生活習慣跟適應環境的問題。以「進化論」理解現今社會，新一代蓄長髮，言語腔調及細微動作之維妙維肖，與當地人無異。而他們的爺爺，依然一口「地瓜」腔，一頭四十年代髮型，看來一輩子都無法「上岸」。

「難道說，此岸，也沒有它們的家」，這牽涉到人的思想觀念問題。我們常見一些歸返故里的老華僑，大筆大筆的捐款支持家鄉的各項建設，國內的新一代人是否也有類似的疑問：「難道說，彼岸沒有他們的家？」

尾語裡「也」字，向細心的讀者透露，「海螺」處於「此岸」與「彼岸」之間的「游移」狀況。發人遐想：若兩岸連結時，即是「海螺」「上岸」日。

與此同類題材的詩作，或多或少帶有感傷、酸澀韻味。此詩不掉窠臼，不落陳套，表現出一種討人喜愛的童真情調；明白如話的簡短幾行詩句，蘊涵深刻、豐富，耐人尋味，引人深思。

入選詩中，雲鶴先生的〈野生植物〉同樣具有「深入淺出」的特色，但，謀篇布局的構思卻與眾不同，含蓄與明白，前後相映成趣，給人以新的感受。

有葉
卻沒有莖
有莖
卻沒有根
有根

卻沒有泥土

那是一種野生植物

名字叫

華僑

此詩第一段，含蓄若謎語的詩句，有節奏整齊的美感，第二段揭曉謎底，直截了當之快速，使讀者必須回頭仔細體味前段的每行、每句。

第一段，詩人以簡潔、樸素的文字，營造三個意象，淋漓盡致地勾勒遊子坎坷遭遇、艱辛奮鬥的狀況，不加任何形容或「評論」，留給讀者寬闊的餘地，根據各自的經歷，去領會、想像符合自己的意境。

「有葉／卻沒有莖」。似乎是指脫離母體枝幹，隨風飄零的落葉。或被「碾作塵」，或被珍藏於書中；有秋深的淒涼，也有「霜葉紅於二月花」（杜牧〈山行〉）的豪壯。但詩人說「那是一種野生植物」；也許是海藻植物，如石蓴、昆布（海帶）等等。

「有莖／卻沒有根」，像地瓜藤、葡萄藤等，移植時剪成一截截，只要時、地適宜，它們都能隨遇而安，長出新根，發出新芽，具有強盛的生命力；向新開發的地區，傳播新品種，為擴大經濟耕作面積，作出建設性的貢獻。不過詩人說「那是一種野生植物」，也許是菌類植物，如靈芝、草菇等等。

「有根／卻沒有泥土」。很容易令人記起文天詳的詩句：「身世飄零雨打萍」（〈過零丁洋〉）。除浮萍之外，生長在石頭上，屋瓦上的苔衣，也同樣沒有屬於自己的泥土。其實，只要陽光、空氣、水不缺，沒有泥土依然能活得有價值，像香菇、銀耳、紫菜、石蓴、靈芝等等，不僅營養豐富，甚至可入藥治病救人。

「野生植物」，對甲而言是藻類，對乙卻是菌類，因人而異。不要太「認真」，在植物學大辭典裡，是找不到「遊子」或「華僑」的。因為這是一首詩。透過詩的意象，放眼世界，我們即可發現，天涯何處無此物。

和權先生被選入的三首詩中，〈鐘〉的含蓄氣味最濃，且帶着「朦朧」美。讀者可以從詩中傳出的「神」，開動思維機器，再創造各種意境，尋求各異其意趣的解釋。

一鎚下去
將時間擊成粉末

這是一口古「鐘」，上面覆蓋着兩千多年舊封建體系的腐鏽，光彩盡失。孫中山先生及其同志們共舉「一鎚」，將舊時代的腐鏽擊碎，讓古鐘發出新聲。時間，是物質的存在形式，表示延續和永久。「將時間擊成粉末」的另一層意思，即新時代的鍊形式是平和、輕鬆的。

接着，詩人在第一段短短的三行詩句裡，以精鍊的文字，概括出由此產生劃時代意義的震撼，勾勒了「影」「響」的意象。

狂笑而去
脊影
斜斜指向夜空

可想而知，一場摧毀根深蒂固專制政體的革命，必須是雷霆萬鈞般猛烈之勢，驚濤駭浪般險惡之狀。詩人從「狂熱」、「狂瀾」、「狂風驟雨」、「狂風惡浪」等等詞語，提取「狂」字，深刻、生動地表現了時代最強音「笑」（鐘響）的聲勢，以及迅速擴散傳開（「去」）的氣勢；創作第二段首句「狂笑而去」，以人的興奮狀態比擬，給讀者一個熟悉、具體的形象。

人民的革命，是對專制集權統治者的背叛。「狂笑而去」的「脊影」，正是「背」影。

就人體而言，脊骨，為諸主幹，脊髓神經「即運動神經及知覺神經也。由脊髓分出，」達於軀幹四肢。（《辭源》）「脊影」，寓喻響徹「夜空」的「狂笑」之主調，也就是以孫中山先生為代表，在國民革命浪潮中的主流。

「斜斜」，是人作勇猛衝刺時，「脊」的傾向。若以革命潮流來理解，在多股革命力量共同作用下，其合力的「指向」（不在X軸，也不在Y軸上）必定是「斜斜」的。故而，此詩結句：「斜斜指向夜空」，不僅是「一鎚下去」，造成深遠影響的現實形勢發展示意圖。而且，由於「夜空」隱喻着黑暗的現實社會，和頑固的封建思想觀念，此句更顯得餘味無窮——「同志仍須努力」！

上述只是筆者粗糙的解析。此詩像少女情竇初開的眼神，含蓄着豐富的想像內容。

倘若把「鐘」放置於不同的歷史時期，不同的領域（科學、文化、思想、哲學……），持「鎚」者便是不同，或是某開山祖師，或是某個令「茅塞」頓開的人。因為詩中似乎有一條主線：持「鎚」者是敢破敢立（破舊立新）的勇士，其造成的影響，重大而深遠。

倘若設想持「鎚」者即詩人本身，另有一種詩趣。

南宋時期的大理學家朱熹，有首小詩「半畝方塘一鑑開，天光雲影共徘徊。問渠那得清如許，為有源頭活水來。」（〈觀書有感〉）朱老前輩用形象思維的方法，描寫外界景物，讓讀者自己去聯想、體會要孜孜不倦吸收新知識，眼光才會高明，才能洞察秋毫的大道理。

對於一個力求上進，不斷攀登藝術高峰的人來說，「皇天不負苦心人」，總會有「柳暗花明又一村」的一刻。當苦思多年而頓悟時，那歡喜若狂之狀，正是繼續勇往直前的最佳「動」態。學無止境，謙虛的人視學術上尚待探討的疑難為浩瀚的「夜空」，並非表示悲觀：詩人不用「嚎」字，而是「笑」「向夜空」，就是樂「觀」黎明在前。「夜空」是詩人戒驕戒躁的自警。

此詩，不但一語多關，而且一字多關。層次清楚，銜接自然；兼有「體物之精，寓意之善」。讀者於嘴嚼到多樣詩意與詩趣之餘，回味初讀時，明知「此中有真意，欲辯已忘言」（陶淵明〈飲酒〉）的情形，就會不禁莞爾，這種藝術欣賞的樂趣，一言難盡。

真情實感最詩意——讀月曲了詩所想到的

月曲了先生的詩難懂。

字，不難，句子難。一首詩不過三四段，每段只要碰到一句有問題，「溝」不通，塞住了即難懂。以月曲了先生在《千島詩刊》十七期所發表的〈隱藏的瀑布〉為例：

在林蔭　綠色的深夜
陽光像追蹤的
千把手電筒照進來
透過層層的葉影
透不過重疊的山靜

「靜」重疊起來，陽光「透不過」嗎？問題之一。

微風尚未吹散歲月

鳥聲已經把我推入山中
在樹後隱藏
只為了躲避身外的
那些喜怒哀樂妒

「歲月」能被「吹散」嗎？問題之二。
「鳥聲」「推」得動人嗎？問題之三。

幽徑走來竟像一聲嘆息
而指給我看　它的心裡
自己的心事都藏不住了
說不盡的話
像失口的江河

「像一聲嘆息」，如何像呢？看了又看，總「像」不起來。這首詩共三段，竟然四個句子有問題，怪不得難懂。

日前隨手翻閱時，邂逅到清初詩壇大家王士禎老前輩，他的「神韻說」「講究筆墨的精鍊與意境的含蓄」，「強調詩人創作時」，「即景會心，借景抒情」。頓時，我聰明了許多。

一首詩，倘若令人一眼就看「穿」，淺薄賽蟬翼，其詩句豈不成了標語口號；詩的語言自古以來已經形成其特殊性，倘若不「另」眼相看，不身臨其「境」，不僅品嚐不到「無窮的餘味」，也享受不到詩中意境的美感。

於是，我專程來到「林蔭」，茂密幽深的森林裡，視覺感官的反映即是「綠色的深夜」。在詩的語言裡，主體與喻體間的比喻詞，往往可省略，仍不妨礙讀者的理解。例如：「江南，一個濃綠的世界」（唐祈〈江南三月〉）；「瀑布掛落，銀河穿流」（鄒荻帆〈井口吸取的是水〉）。或許，這跟詩的另一特殊性有關。就是把要表現的、具有相關聯的事物，藝術地安排在一起，讀者便可去聯想、體會。例如思致遠的詞句，「小橋流水人家」，杜甫的詩句「細草微風岸」；「花香。夜暖。」（沙鷗〈新月〉），「人笑，魚跳，雞叫呵」（中流〈夜歸〉）等等。故而，即使連介詞「在」字也省掉，依然沒有「問題」；「在林蔭」，意在點明地點，此詩首句，像給遠道而來的客人，遞送一杯加冰汽水，一股清涼沁入肺腑。

既喻以「深夜」，篩漏下來的太陽光線，用「千把手電筒照進來」的比喻形容，再自然恰當不過了。

「靜」，詩人以「層面」視之。四周的一切沉浸在寂靜中，那層層繁茂的枝葉，那排排峰巒般的樹木，如同重重疊疊的隔音設備，陽光雖然「透過」，卻擾不了（透不過）「重疊的山靜」——照應了「綠色的深夜」該有的幽靜。真要挑剔的話，「問題」何嘗沒有。光，以每秒約四十萬公里的速度撞擊在綠葉上，難道沒撞破「山靜」？祇是讀者們清楚地知道，詩人拿的是文學之筆，不是高度精密的科學探測器；這是一篇現代詩，並非現代物理光學研究報告。

若僅此描繪，只是一幅死寂的畫面，稱不上一流畫家的作品。當然，詩人技不止此。首段第二行裡，「追蹤的」三個字，生動地形容不斷輕微移動的光線；第四行「透過層層的葉影」，這個「影」字，極巧妙地顯示出陽光下綠葉色調的濃淡層次。經過一番細膩的雕飾，一幅靜中含動、色調層次有序的立體圖景，呈現出來。詩人遣詞用字的不凡功力，在第二段裡，讀者又將再開眼界。

山林無風，綠海無波；投射進來的光線成束，樹下陰影成形。「光」、「陰」沒有被破壞的碎散之狀。金聖嘆說「詩是何人造，天機忽蕩成」（「改兒子詩吟此」）。詩人的靈感被「光陰」即是「歲月」觸動了，「忽蕩成」這句起承上啟下作用的第二段首句：「微風尚未吹散歲月」，令人感到既突然又自然；對其詩的語言別具一格之新奇，有進一步的認識。這句詩，為第一段作總結似的，造出一個充滿陽光、涼爽寧靜、無風無浪的意境，讓讀者聯想到理想王國「桃花源」——為即將揭示（以多種修辭技巧）的詩人內心世界的活動「鋪路」。

有林必有鳥，在人的意識裡，鳥囀宛如林中幽靜的組成部份。第二段第二行，讀來有「林中不見鳥，但聞鳥語響」之妙趣。「我」「入山中」，有兩種可能性：「鳥聲」催促（吸引）我，或我尋找「鳥聲」。前者被動而後者主動，詩人採用被動的「推我入山中」，暗含難於擺脫都市生活、商業社會裡種種困擾之意，進而借景抒發了詩人熱愛大自然，嚮往無爭無鬥、悠閒恬靜的樸素的思想感情。

請看，「鳥聲」（已經）「把我推入山中」，不正是「嚮」、「往」嗎？其間詩人以時間過去式（「已經」）表示，可見這是由來已久的心願。詩人寓情於鳥，以「鳥聲」擬「心聲」，婉轉地發出動人心絃的傾訴：「在樹後隱藏」（隱身於樹林裡），「只為了躲避身外的　那些喜怒哀樂妒」。詩人是明智的，「七情」與生俱來，要躲避的是「身外的」。只為此，別無他求，多麼淡泊的心聲！

第三段一、二兩行應連起來讀，「幽徑走來竟像一聲嘆息／而指給我看　它的心裡」。以我在山中十年走幽徑的經驗，幽徑一步走來一聲嘆息，隨着聲聲的嘆息，我的鞋子、褲管都濕透了。這是因為幽徑上積滿厚厚的落葉，如果我的腳不去惹幽徑嘆息，鞋子、褲管便不會濕漉漉的。要是以此直覺入詩，寫成「幽徑走來竟像涉溪」或「幽徑走來，步步嘆息濕鞋褲」，不曾臨其境的人讀來，都會認為有「問題」。但這是真實的啊！不過，詩人並不是去「上山下鄉」，這裡的「嘆息」是出自另一種真情實感。以我的理解，詩人以聲（一聲嘆息）擬形（！），再以形（！）擬景。感嘆號（！）的一豎想像成腳下的幽徑，又像指示路標「而指給我看」，「它的心裡」即幽徑的盡頭瀑布下的水潭（感嘆號圓點）。其實，最終是以景擬人。作為詩人，面對着隱藏在森林深處，「疑是銀河落九天」的瀑布，感觸至深，如逢知己，「自己的心事都藏不住了／說不盡的話／像失口的江河」。

當詩人融情於景時，創作的詩句則是王國維說的「一切景語皆情語也」（《人間詞話》）。讀者若要「追蹤」詩人的「心事」，只好各憑本事探討「鳥聲」與「嘆息」，借此也領略到詩人「內外意含蓄」的火候。

由於詩人善於「捕捉主觀中的形象構成意象」，偶而乍讀之下，覺得「無理」，有「問題」。然而「詩有別趣，非關理也」（嚴羽《滄浪詩話》），生活的真實，不等同藝術的真實。恕我借點前人的東西作例子：

「月光如水水如天」（趙嘏〈江樓感舊〉），按邏輯推理，豈不是「月光如天」？

「忽然覺得今宵月，元不黏天獨自行」（楊萬里〈八月十二日夜誠齋望月〉）。月，本不「黏天」，豈只「今宵」如此！

「空山不見人，但聞人語響」（王維〈鹿柴〉）。既有人，怎能說「空山」。

且不說李白的「白髮三千丈」與「桃花潭水深千尺」（〈贈汪倫〉）一樣不是生活的真實；那句「黃河之水天上來」，字面上之意，簡直就是說黃河水直通天上的銀河。請看劉禹錫的詩：「九曲黃河萬里沙，浪淘風簸自天涯。如今直到銀河去，同到牽牛織女家。」（〈浪淘沙一首〉）竟然當真了！

此詩，雖然「意不淺露，語不窮盡」，但當身入其「境」，則發現詩人的視覺、聽覺及神態，意態全傾注在自己的作品上。「隱藏的瀑布」，蘊藏的是詩人對其所嚮往的那股熱愛之情，隱隱傳出的是詩人對現實社會的感慨。要欣賞這一類暗示性較強的詩作，不但需要動用讀者平素修養的學識、生活經驗，還需投入與詩人創作時一樣的真情實意，才能感受其「情」「感」的真，其內涵的深，其韻味的美。

詩有真情更雋永

菲華詩人和權的第五本詩集，將與讀者們見面。決定此詩集的出版，雖倉卒卻不失慎重。這本詩集不僅收入了和權的大部份精心力作，還有施約翰先生以其深厚的英語修養和高超的譯詩技巧，選譯了和權的幾首好詩。

詩人和權的想像力極其豐富，創作取材多樣，信手拈來，一枝筆、一張稿紙、一台鐘、一串風鈴……都可以是詩人寓情之物，抒發一時的感慨。他的詩，歷來深受廣大讀者的喜愛，賞讀他的作品，領悟其中的內涵，誠然是一種享受。

鞋，已然穿洞
猶兀自
想
縱橫天下

——（摘自〈鞋〉）

讀罷，令人爽心一笑。明寫「鞋」，暗喻人。如何解讀作者的含意，將因人而異。

一首詩和幾粒骰子有何關係呢？和權其實是魔術師，在他的筆下：

情詩是骰子
在妳的心中
滾來滾去
有時候
贏
有時候
輸

——（摘自〈骰子〉）

妙！既符合骰子的動態，又描繪出接收情詩時，「妳」的心態。簡練、恰到好處。

讀和權的詩，很輕鬆。其文字平白易懂，寓雋永於「平白」之中，正是和權作品的一大特色。

黑暗
更襯出內心
萬丈

光芒

——（摘自〈停電又怎樣〉）

停電，在電源無電的困境下，內心有萬丈光芒，環境黑暗，又奈我何！勇於面對艱苦，敢於奮鬥的精神，躍然紙上。很難掌握的深入淺出的寫法，在詩人的筆下卻應用自如。

看到照片
我愕然
怎麼一家人
都容下了

——（摘自〈拍照〉）

淺白的文字，在天真如童言的詞句背後，隱藏着深深情意，讓讀者慢慢去尋味。

類似表達親情的作品中，〈印泥〉，是堪稱典範的一首好詩。詩中，「我」為了「你」的名字能亮麗「在生命的白紙上」，願意把自己的「心」「血」化作印章和印泥，真情畢露，即使讀者你不是詩中的「你」，也會感覺到於字裡行間，散發出濃濃親情的溫度。

印泥

親親
既然是美麗的名字
已鐫刻在
我堅硬的
心石上
總不能有印
無泥吧

若是你喜歡
我就用我溫暖的血
做你的印泥
讓你
在生命的白紙上
蓋出
亮麗的
自己

詩人和權的感情相當豐富，對人生的苦難，對現實社會的不平，他一如既往深切關注。

憂思天下，或許
不是癌症一般的
難以治療
只要
伸手取來落日藥丸
就着洶湧的海
暢快地
送下喉嚨

——（摘自〈落日藥丸〉）

此詩有峰迴路轉之趣。起首，「憂思天下」這種病，似乎有救。只要下重藥，把落日當藥丸吞下——何等宏偉的氣魄！細想之下，詩人與現實社會有着千絲萬縷的聯繫，是個有血有肉的人，並非不食人間煙火的神仙。他得「憂思天下」之病是必然的，也必定無藥可救。「樹根與鮮鮑」、「老丐」、「大地震」等類型的作品，就是詩人「憂思天下」的具體表現。

詩人在捕捉瞬間掠過的靈感時，出現少數只宜意會，不易言傳的作品。例如：

叮叮噹——讀「風鈴偈」有感

橫逆
都不放在心上
風鈴
其心就是空
但全身是
口
懸於飛簷之下
對春風秋風
說彌陀
對疾風談
畢竟空法
度一切苦厄
叮叮
噹噹
叮叮噹

要欣賞此詩，你要應用視覺觀看——「風鈴」「懸於飛簷之下」；觸覺感受——「春風秋風」「疾風」；聽覺聆聽——「叮叮噹」，還得開啟你的智慧，理解「風鈴」對不同的「風」以不同的回應。其情景美、樂音美構成這首詩一種奇異美。或許，你可以學習「風鈴」，作為你的處世之道——「橫逆都不放在心上」，自問做得到嗎？

〈鐘〉也是一首不易言傳的作品，有人說：「百思不得其解」。張默說：「一首小詩它不必背負太多的真理，祇要能在作者的靈光一閃中，給出一個燦爛而又鮮明的意象，使讀詩的人感動，即為上乘之作。」（〈談和權的《拍照》〉）

一鎚下去
將時間擊成粉末
狂笑而去
脊影
斜斜指向夜空

——（摘自〈鐘〉）

憑着詩人給出的「鮮明的意象」，讀者可「冉創作」，產生賞詩「意會」之樂趣。

請把「鐘」視為一個點，受撞擊爆開成億萬粒粉末。把爆開聲想像成「狂笑」，每粒粉末都帶着笑聲，飛奔向夜空之深處。此般意象與宇宙起源的大爆炸，何其相似！此詩前後兩段是個整體，其立體意象之美，只可意會。

詩人和權創作了大量的短詩，文字準確、精鍊；動與靜的對比，虛與實的意象處理得天衣無縫；意在言外，令人尋味。如〈橘子的話〉、〈蝦〉、〈蟹〉、〈紹興酒〉等等，早已膾炙人口，有仿製品不足為奇。

無論古詩、現代詩，筆者偏愛詠物詩。詩人和權的詠物詩幾乎都是很優秀的示範。在靜室中，泡一壺上等的香片，細細賞析和權的詩，時而感嘆，時而驚喜，偶而醒悟，拍案叫絕，無疑的是非常愜意！

技巧各異詩趣共賞

詩壇上，有人曇花一現，有人老當益壯。

菲華着名詩人和權，無疑是個創作力非常旺盛的多產詩人。新年伊始，和權就已有數十首技巧各異，構思奇特的新作品，詩的質與量都突飛猛進。

和權的新作，仍然保持着原有的深入淺出、耐人尋味的風格。下面，讓我們來共同賞析和權最近創作的幾首佳作。

一

詩

一首詩
一塊晶瑩的冰
融化之後

你，是否聽見了
解凍的
那一聲
歎息

這裡，作者要表達的是，對詩創作過程的感慨。

從事詩創作的人都知道，有意欲表達的意象（靈光一現）是一回事，要如何顯現意象，又是另一回事。其表達方式、技巧、遣詞用字……等等都需好好考慮細細推敲。

此詩開頭，「一首詩／一塊晶瑩的冰」。「冰」，比喻「詩」。「冰」是透明的，冰冷的——即還沒有「文字」，還沒有「情感」。在創作過程中，通過準確的文字，灌注了作者的情感，升溫了。

「融化」「解凍」，是昇華的過程。

當固體的「冰」昇華之時，即是一首詩完成之刻。「歎息」是深沉的！對創作一首好詩，克服了種種艱難之後的感歎。其次，被詩情所感動，禁不住歎息。詩，必須先能感動自己，才能感動讀者，這是千真萬確的道理。

創作「詩」，和權準確地選用「冰」融化、解凍至昇華的過程，把一首詩的創作過程形象化。由此可見，作者對日常事物的觀察是細緻的，聯想力是豐富的，其文字功底是紮實的。沒有經過嘔心瀝血創作的人，不容易理解這首詩，儘管每個字都淺白易懂。

二

常言道：「機會是給有準備的人」。

同理，當「意象」從腦際掠過，「有準備的」詩人才能及時捕捉，且進行創作。

有個常見的情景：

晴天，一群小鳥唱着歌，飛落地面尋食，它們歡快地追逐、嘻戲着。然後，飛上樹梢，互相招呼着飛離遠去。

在公園、市郊……這樣的景象屢見不鮮。但通過詩人和權的「慧眼」，創作出〈即景〉詩如下：

啁啾啁啾
金色的
鳥聲
撒得滿地皆是
芒果樹彎腰
撿了起來
笑着
笑着

此詩，作者不直接描繪小鳥的天真可愛，而是以鳥聲構成一幅活潑的動畫。那些從天而降尋覓食物的小鳥，及其清脆悅耳的鳥聲，在詩人的眼中，化成陽光下金光閃動的亮點，寫下「金色的／鳥聲／撒得滿地皆是」，描繪得有聲有色。讓此詩一開頭就充滿詩情畫意。

接着，作者以擬人手法，「芒果樹彎腰」把鳥聲「撿了起來」。這是小鳥們飛上芒果樹，逆向思維產生的詩句。然後，小鳥們自樹枝上飛離一幕，作者以樹枝彎曲必有反彈之力，順理成章地把鳥聲「擲回晴空」。

「笑着／笑着」，是小鳥們停落於枝頭，樹枝帶着鳥聲上下彈動之狀。

「擲回」，說明此詩起首「啁啾」的鳥聲是從天空撒落，現芒果樹把它們「擲回」。

「晴空」，點明此詩描述的畫面背景，萬里無雲，風和日麗。

〈即景〉一詩，邏輯性強，技巧多樣，幾個動詞的運用，非常準確，展現給讀者，是人們嚮往的幽雅的自然生態，讀後使人感覺輕鬆，好詩的魅力就在於此。

三

創作詩，比喻的運作非常廣泛且至關重要。蹩腳的比喻，會讓讀者有咬到臭花生的感覺；與詩的主題脫節的比喻，突然冒出來的奇詞怪句，令讀者莫名其妙，無法接受，只能望詩興歎。比喻必須符合情理，讀者才能理解。比喻越新鮮，越具獨創性，越能使讀者動情——「讀你千遍不厭倦」。

青春是
色彩繽紛的
馬車
飛快地
奔馳

——（摘自〈青春〉）

「青春」是抽象名詞（虛），作者以（馬車）實喻虛。用「色彩繽紛」，「飛快地／奔馳」來修飾「馬車」，正符合青春的時光是短暫而且豐富多彩。一語雙關，幾行短句，「青春」，既形象又充滿色彩動感。這就是準確運用比喻的效果。

請看〈Cooki〉，另有一種詩趣：

尾巴搖個不停
可愛的小狗Cookie
又跳上身來
聞聞臉
舔舔手

餵了狗食之後
它，一溜煙
跑掉了
任你叫
也叫不來

跨出家門
我每天都看見
許多
Cookie

此詩所描述的情形，豢養寵物狗的人很熟悉。小狗的可愛之處，在於它懂得討主人的歡心，求取食物。之後，「任你叫／也叫不來」。表現小狗愛玩不貪吃。但作者要表達的，顯然意在言外。這層意思，詩中不挑明，留給讀者自己聯想——「跨出家門／我每天都看見／許多／Cookie」。

這首詩的開頭，「Cookie」是小狗的名字，而詩發展至結尾，「Cookie」已成上述行為的代名詞。這種行為，在沒有心機的小動物身上，是很可愛的表現。但在人的身上，則是不可取的卑鄙。作者以「小狗」的行為，暗喻「小人」過河拆橋的行徑。憑着豐富的生活經驗，作者運用明寫暗喻的技巧，深入淺出，把詩意從家中拓展向社會層面，提升了詩的境界。

這樣讀者既容易理解，又能享受讀詩的樂趣。欣賞詩，讀者要設身處地，把思想感情投入詩中，俾使領悟真意。

再看〈念〉，詩人運用的是另一種技巧。

微醺時
緊抓住一縷
酒香
往上飄飛
或許
在暮色的雲端
見到

手能抓住「酒香」嗎？答案是肯定的。在詩的王國裡，「酒香」可以是接引天使的手，也可以是父親扔下的雲梯……作者不寫出一個明確的比喻，正符合「微醺」的狀況。只要能飛上天，與父親見面，不計較抓住的是什麼。

「父親」，在作者心中的地位是崇高的，即使逝世多年，仍然難以忘懷。終於在「微醺時」朦朦朧朧「見到／父／親」在那「暮色的雲端」——夕陽西下，晚霞滿天，「無限好」的背景。沒有沉重哀傷的情調，此詩表達的是向上敬仰的思念。情真意美，像一幅色調柔和的水彩畫，給人悅目、平靜和輕鬆的感覺。

四

和權詩中的比喻，大多取材於眼前生活中的事物，這樣讀者容易理解。但要做到淺中見深，含蓄不露卻不是件容易的事。和權〈紅紅的花〉一上網，立即受到多人的推薦。原詩如下：

庭園裡
綻放朵朵
紅紅的

花
幽僻的巷尾
熱鬧的街頭
靜穆的教堂
砲聲隆隆的
戰場
也綻放朵朵
紅紅的
花

紅花
於眉間綻放
於胸前綻放
啊——
槍口冒煙時
你可以看到
一朵朵嬌美鮮豔的
紅

花

紅花，中國傳統喜慶的象徵。在上世紀五十、六十年代國內很流行，在勞動模範、戰鬥英雄胸前掛朵紅花，以示表揚。詩人在「紅紅的花」裡，鋪排出幾個情景：「庭園裡」、「巷尾」、「街頭」、「教堂」以及「戰場」。組合成一個境界，讓讀者領悟其深層含意。

此詩第一段落的「紅花」是實體，第二段落的「紅花」是比喻，比喻那些從「眉間」、「胸前」綻放出來的，在詩人的眼裡都是「紅花」，那些在戰場上犧牲的戰士都值得佩戴「紅花」——為自己的信仰、為祖國捐軀的精神。所以，詩人形容那些「紅花」，是「一朵朵嬌美鮮豔的」。

此詩第二段「紅花」喻旨，作者沒有寫出來，就是要留下寬闊的空間給讀者去思考。這段沒有殘酷的血腥的文字，即是作者的高明之處和御駕文字的功力。

綜上所述，只是抽樣試析和權的新作。着重介紹和權詩作中的多種不同的比喻技巧。當然，在和權數十首的新作中，還有許多寫詩技巧和寶貴的創作經驗，讓我們拭目以待他的第六本詩集的出版。

喜讀《和權詩文集》

這本《和權詩文集》，是續《我忍不住大笑》之後，詩人和權以令人嘆服的速度出版的第六本書。其中，卷一。是和權最新創作的數十首現代詩。卷二，論析現代詩（十四篇）。卷三，漢英對照。收入十三首施約翰先生等英譯和權的詩。卷四，詩評論（附錄）。有羅門、李元洛……等文友賞析和權詩的文章。這是內容豐富，非常充實的一本書。

綜觀和權最近的詩創作，仍保持其文字淺白，含意雋永的風格。詩的取材，詩創作的技巧更多樣化。

有些人看不懂現代詩，主要在於「抓」不住詩中的「概念」和「含意」。和權的詩易懂，只是讀者的理解程度有差異罷了。筆者曾說過，和權的詩是「大智若愚」。從字面上看，平淡無奇，沒說出什麼大道理。孰知和權的詩句是經過一番精心設計，讀者若細細咀嚼，即會感到淺中見深的妙處。

例如：〈官邸裡〉

有人

丟

髒東西
沒人
丟
貪腐

垃圾筒說

初讀之下，或許會不理解。「貪腐」不也屬於「髒」的範圍（貪污的髒款與腐敗的東西）嗎？垃圾筒是最佳的證「人」！當你回頭再看此詩的題目——「官邸裡」。哦，不簡單！是政府部門辦公室裡的垃圾筒，它在控訴那些垃圾筒的使用者。至此，讀者即刻會聯想到中國（大陸與台灣）、泰國、日本、韓國和菲律濱等那些貪腐巨頭，他們貪來的當然匯入外國銀行，豈會把「貪腐」丟進垃圾筒。

此詩用字很經濟，恰到好處。不依傍摹擬，有新意。讓讀者以小見大，呈現出當前的社會現象。詩短字少，而言外之意卻非常深遠。和權的「憂思天下」又增添了一首佳作。

卷二，和權論析羅門、洛夫、雲鶴、謝馨……等多位名詩人的作品，共十四篇。憑着深厚的詩學修養，和權對每篇作品的論析都非常精細，逐行逐句認真地「抽絲剝繭」。詩中的思想感情；創作技巧（疊映、暗示、比喻、移情、虛實轉換……）都一一挑明出來，簡直是一篇篇詩學教材。

例如：和權在洛夫的〈車上讀杜甫〉中，分析「酒，是載我回家唯一的路」這行詩句——「至少，有下面幾層意思：一、詩人短少川資；二、詩人有強烈的思鄉之念；三、在泥飲之後，詩人可以憑着想像力，飛回故鄉」。

寫得既仔細又簡潔，不懂詩的人，閱讀之後也會茅塞頓開。

卷三，漢英對照。施約翰先生等的中英文造詣都很深，也寫過現代詩，他們英譯詩的準確性，是不容置疑的。對英譯有興趣的讀者，當可大開眼界。

卷四，詩評論，附錄了這些年來，各地的詩評家賞析和權詩的文章。讀者可通過這些評論，進一步了解和權的詩觀、詩思和詩情；進一步認識到，為何在語言鮮明，文字平白的詩句背後，能夠蘊藏着那麼多的詩趣和耐人尋味。顯然，這是一條值得學習、值得探討的詩路。願與讀者共勉之。

和權

和權，原名陳和權，生於菲律濱，主編菲華現代詩研究會（萬象詩刊）廿年，出版詩集《橘子的話》、《你是否撫觸到衣襟上被親吻的痕跡》、《落日藥丸》、《我忍不住大笑》、《隱約的鳥聲》、《回音是詩》、《眼中的燈》（菲、中、英三語詩集），詩評集《論析現代詩》（與林泉、李怡樂合着）、《和權文集》、《和權詩文集》。

兩度蟬聯菲律濱王國棟文藝基金會新詩獎，菲華兒童文學研究會、林謝淑英文藝基金會童詩獎，台灣僑聯總會華文着述獎「新詩首獎」，台灣行政院僑務委員會獎狀，台灣中興文藝獎章新詩獎，台灣新陸小詩獎，及中國寶雞詩獎，中國楚都詩詞寫作藝術研究會「詩歌一等獎」，二〇一二年，榮獲菲律濱詩聖描轆沓斯文學獎（GAWAD PAMBANSANG ALAGAD NI BALAGTAS），該獎為菲國最高文學獎，亦為「終身成就獎」。詩作收入羅馬尼亞版與南斯拉夫版《中國當代詩選》，並收入台灣《年度詩選》、《小詩精選》、《情趣小詩選》、《二〇一〇年台灣詩選》、《新詩三百首》等書。詩作〈熱水瓶〉收入台灣南一書局《中學國文教材》、詩作〈鐘〉收入台灣康熹文化《高分策略——國文》。

皚皚的潔白——談林泉的〈雪的音響〉

林泉的詩，詠物寫景，皆逞靈妙。詩的造意真切，用情含蓄，有清遠的氣象，有古澹的韻味。他喜取日常景物入詩，所寫多為「胸臆語」。

林泉，本名劉德星，曾以秋谷、江楓等筆名發表作品，着有現代詩集：《窗內的建築》、《心靈的陽光》，舊詩詞則有《梧桐詩餘》等。此外，他還擅長短篇小說和散文創作。

在菲華詩壇中，林泉是位能出入古今，縱橫中西的詩人。他的現代詩和他的古典詩詞，同樣飲譽文壇，曾獲得寰球詞苑苑士的雅號，一九六五年獲台灣葡萄園詩社的詩獎，一九七三年獲菲華中正文化獎金文藝創作獎。他的詩齡頗長，而創作力歷久不衰，大概是他吸收許多中西詩人雨露，有以致之。

下面選林泉的一首近作〈雪的音響〉（聆聽茱麗安瑜聖誕歌聲有感）來欣賞：

此曲只應天上有
人間那得幾回聞
——杜甫

沒有什麼能夠比擬
雪的聲音
音符的步伐
由金嗓由陀螺階梯
趨向空間
皚皚的潔白
分別伸展至兩個世界
天上，人間
而那為音響變成的
顏色，變成的足履
能夠塗抹或者探索
大地遼闊的不幸
愛情無盡的悲歡
以及一顆比宇宙還大的
狹窄的心？

雪的冷冽
光輝而甜蜜的語言

在眾多命運之上縈繞
音符五線譜的格紋
幾時重新規劃
改變我們的手掌上
命定的波紋？

種子已經有了
在我們面前
春的播種者
以雪的音響
雪的潔白心靈
建立起你積聚無比的力量
企圖走遍血管所有的道路！

這首詩發表於《藍星詩刊》第十五號（一九八八年四月）、《萬象詩刊》第九期（一九八八年六月）。

第一段第一、二行，奇峰突起，詩人以肯定的語氣說「沒有什麼能夠比擬／雪的聲音」，某個歲寒的夜晚，詩人靜靜地坐在屋子裡，觀賞着電視節目，忽然眼前一亮，看到了——國際名歌星茱麗安瑜出現於螢光幕上，以她那極美的音色、動人的歌聲，唱着一首首情味不盡的「聖誕歌」，遂使詩人深覺得「此曲只應天上有，人間那得幾回聞」，引發雅懷無限的感慨。作者羈旅他鄉，艱難備嘗，博覽群書，周行萬里，有美惡不同的逢遇。而清勁剛直的詩人，平素聽了一般求名求利者發出的「噪音」，已夠心煩。更何況是「小人道長，君子道消」的現實世界，每有「荒怪之論」或「無聊之詞」，加深了詩人的感喟。如今，驟然看見茱麗安瑜站在如畫的雪景裡、聽見她頌讚「愛」之悠揚不盡的「聖誕歌聲」，怎不令詩人性靈搖蕩呢？作者認為那「歌聲」就是大千世界至美至好的聲音了，故把筆寫道：「沒有什麼能夠比擬／雪的聲音」。這裡，「雪的聲音」，令人想起談苑載禰衡鼓歌：「邊城晏開漁陽摻，黃塵蕭蕭白日暗。」把「漁陽摻」這種甚悲的鼓聲，聯想為陰暗的色彩。由於高音予人白色明亮的感覺，所以詩人筆下有「雪的聲音」之句。「雪的聲音」也含有「一片純淨」的意思。歌聲與歌詞「純淨」，情感與思維「純淨」，因而「聲音」好像「雪」似的「潔白」「純淨」。而詩人追尋美好世界的心志，皆在言外寓意了。

第三、四、五、六、七八行「音符的步伐／由金嗓由陀螺階梯／趨向空間／皚皚的潔白／分別伸展至兩個世界／天上，人間」。詩中「音符的步伐」，乃是擬人之句。作者把抽像意念，轉化為具體形象，使詩情靈動有致。接下來，視覺空間由小而大，自「音符的步伐」，逐句擴張到「天上，人間」，自「雪地一偶」到「浩浩無垠」，顯現了巧妙的空間設計。此處，「金嗓」「陀螺階梯」皆是絢美意象，讓讀者如聞如見，倍覺親切，足以產生美感。而形容動聽歌聲的「皚皚的潔白」，令人聯想到白居易「琵琶行」詩中形容音樂之佳句：「大珠小珠落玉盤」，「間關鶯語花底滑」，「幽咽泉流水下灘」，「銀瓶乍破水漿迸，鐵騎突出馬槍鳴」，……從「皚皚的潔白」，伸展至「天上，人間」不但刻劃了優美歌聲的清明響亮，也刻劃了詩人殷切地期盼「天上，人間」一片祥和、安樂的心思。

第九、十、十一、十二、十三、十四、十五「而那為音響變成的／顏色，變成的足履／能夠塗抹或者探索／大地遼闊的不幸／愛情無盡的悲歡／以及一顆比宇宙還大的／狹窄的心？」詩人用交綜手法，寫出他滿腹的疑問。古詩中也常見運用兩個相應的交綜手法。如寒山的詩：「老翁娶少婦，髮白婦不耐；老婆嫁少夫，面黃夫不愛。老翁娶老婆，一一無棄背。少婦嫁少夫，兩兩相憐態。」把「老翁」、「老婆」、「少婦」、「少夫」交綜地配搭，以產生妙趣。這裡，作者讓音響「變成的顏色」、「變成的足履」、「塗抹」、「探索」交綜相應，以不同的組合，給人交綜的美之感受。詩人深覺得大地有「遼闊的不幸」，愛情有「無盡的悲歡」，一顆狹窄的「心」——比宇宙還「大」。而優美的歌聲，能夠「改變」這些嗎？在反詰之間，已隱寓哀憫之意在內。此處，詩人以癡語反詰生情，留下了悠揚不盡的餘韻。

詩中，「一顆比宇宙還大的／狹窄的心」，是融合兩個相反的意思在一起的「矛盾逆析」的句法，也是運用翻筆產生新意，使句意尤加深析的詩句，這種「矛盾語法」，即蘇東坡所謂的「反常合道」。人心雖「小」，卻比宇宙還「大」，這樣翻一筆，讓我們更覺貪得無厭的人心之可怕。

第二段第一、二、三、四、五、六、七行「雪的冷冽／光輝而甜蜜的語言／在眾多命運之上縈繞／音符五線譜的格紋／幾時重新規劃／改變我們的手掌上／命定的波紋？」詩人理智上雖呈現失望，感情上卻保留了一線生機。「聖誕歌聲」，不就是「愛」與「希望」的象徵嗎？詩人想像馳騁，認為是「極美的歌聲」已經「擴散」出去了，認為是「雪的冷冽」「光輝而甜蜜的語言」，已經「在眾多命運之上縈繞」，這是作者憐愛人類之心境的投影，透露出詩人在失望中尚有一線希望的情思，也傳達出豐富的意含與藝術感染力。接下來，提出心中的疑問，問「音符五線譜的格紋」，幾時才能「重新規劃」「改變我們的手掌上」「命定的波紋？」」是深深地關切現實。詩中，五線譜的格紋到手掌上的波紋，乃是意識的聯想。藉由「格紋」和「波紋」外形的相似，轉移意象，具有美學效果。詩人宅心仁厚，明知「我們手掌上」「命定的波紋」無法更改，還是有此「一問」，給了讀者深刻的印象。

第三段第一、二、三、四、五、六、七行「種子已經有了／在我們面前／春的播種者／以雪的音響／雪的潔白心靈／建立起你積聚無比的力量／企圖走遍血管所有的道路！」詩人永遠不會死心，認為「種子已經有了」，如今，耳中聽到的悠揚不盡的美好歌聲，不就是「種子」嗎？近在眼前的，是「春的播種者」茱麗安瑜，正以「雪」一樣潔白的心靈與「雪」一樣純淨的歌聲，來喚起愛、喚起善！這裡，「情與景合，景與情合」的詩句，使得讀者為之充滿了期待的喜悅。詩以「建立起你積聚無比的力量」「企圖走遍血管所有的道路」作結，更表現了作者「信心十足」的情懷。把「血管」形容為「道路」，是以物擬物的說法。今夜，千千萬萬——坐在電視機前聆聽着一首首情味無窮的「聖誕歌」的「你」，已有了無比的力量，必定會淨化心靈，提昇精神至一個「明月出天山，蒼茫雲海間」的境域。

所謂「風格即人格」，從〈雪的音響〉一詩中約略可以見出作者的氣質與才具。

這是一首情感真摯的詩。

這是一首含蘊豐富的詩。

這是一首介入生活的詩。

這也是一首具有藝術感染力的詩。

反覆吟誦此詩，可使心靈獲得滋潤，更可使胸襟開闊，眼光遠大。

讀了本詩後，吾人更相信，「捻斷三莖鬚」是創作好詩的詩人之心態。

解讀林泉

一

菲華重要詩人林泉，於二〇一〇年八月十六日壽終紅衣主教醫療中心，震驚文壇。

林泉是菲華文壇一位受肯定的詩人。雖說菲華詩人多得很，但是，在這千島之國，有資格被稱作「詩人」的，實在是屈指可數。

林泉，是名副其實的詩人，也是一位能出入古今，縱橫中西的優秀詩人。六十多年來，他默默的耕耘，不沽名圖利，不過問文壇是非，以豐碩的作品，以別具一格的藝術魅力，以及認真執着的創作精神，建立了自己的地位。他為人忠厚，溫文爾雅，是詩文壇上人人稱道的「好好先生」，也是當代菲華文學一位重要的作家。

棄世之前，他雖有病在身，仍然堅持寫詩，留下了九首擲地鏗鏘的新作。

林泉，本名劉德星。曾以秋谷、江楓等筆名發表作品。原籍福建思明。亞南遜大學化學工程學士，寰球詞苑苑士，現代詩研究會發起人之一，萬象詩刊編委之一。曾獲：台灣葡萄園詩社第一屆新詩獎（一九六五）。菲律濱中正文化獎金文藝創作獎（一九七三）。台灣僑聯總會文藝創作華文着述獎首獎（一九九零）。着有現代詩集：《窗內的建築》（一九六七）、《心靈的陽光》（一九七二）、《樹的信仰》（一九八九）、《視野》（一九九七）及《林泉文集》，廈門鷺江出版社出版（詩・二〇〇〇）。散文：《心中花園》（一九九五）。另有與一樂、和權合着的詩評集：《論析現代詩》（一九八八）。詩詞集：《梧桐詩詞集》（二〇〇〇）。

〈電動階梯〉一詩，被選入一九九一至一九九五卷世界華人新詩總鑑，金陵書社出版公司出版（一九九九）。海外華文文學史，曾收入現代詩集：樹的信仰評介文章，鷺江出版社出版（一九九九）。詩詞選入當代八百家詩詞選，浙江大學出版社出版（一九九〇）。

他的詩感染力極強，技巧高明，除了具有人性與人道精神之外，也具批判性。有些詩造意真切，用情含蓄，有相當大的聯想空間。

二

古今中外，有成就的詩人，名字響叮噹的詩人，無不是創作比喻或巧喻的聖手。阿里士多德在《詩學》中說：「比喻大師最不易得。別的事可以學，唯有作比喻不可以學，只有天才能夠創作比喻。異中悟同，是比喻的本色。」阿里士多德對比喻修辭法的重視，由此可見。而這是一個偽詩充斥的時代，今日，要想在所謂的「詩」中找到好的比喻，實非易事。

林泉，是一位出色的詩人，在他的詩中，妥貼而新穎的比喻，俯拾即是。〈巴石河上〉一詩，有如下幾行：

靜靜的巴石河似一把長刀
切開南北兩岸的赤色土壤
而我們在生鏽的刀片上滑行
長方形的舟子若是信封
我們便是被套在裡邊的音訊
將被傳達
自鍾士橋到內湖

詩人將巴石河，喻為一把長刀，又想像自己正在「生鏽的刀片上滑行」，意象十分鮮明，而且詩趣盎然。再來，詩人又將長方形的舟子，喻為信封，並將自己想像成「被套在裡邊的音訊」，這真是不尋常的奇喻啊。

〈傘下抒情〉詩中，有這樣的句子：

我是一棵樹的枝葉
彈唱四十年前
江南的雨聲給小樓聆聽
記憶催逼時光倒流
戰爭煙塵催逼向彼岸分飛

海峽中一派冷藍
乃歷史斷層
接不下去的一頁空白

詩中意境甚好。詩人回首前塵，感觸良多，遂將自己喻為「一棵樹的枝葉」，正在彈唱舊調給小樓聆聽。此外，又將抽象的「歷史斷層」，化為具體形象的「海峽中一派冷藍」，詩中充滿哀傷的情感，比喻則予人新鮮的感覺。

在他的詩中，還有不少吸引人的巧喻，例如：

黑的雨水，一河宇宙的淚

而我們，我們
是你墳邊的墓草
鄰近死亡
卻旺盛的生命與力！

月夜。誰在那裡橫笛？
笛聲如一河屋頂上的月光

且維繫住遠天的一片雲
我馱着信仰
像螞蟻馱着穀粒
永不鬆懈

每架十字
乃一張沉默抗議的嘴唇
譴責將真理的骷髏
埋沒於土壤底層
乃一隻隻無助的手
伸向虛無高空

林泉頗喜以巧喻入詩。而他詩中比喻的運用相當高明，有的警雋，有的非常鮮明生動，也有的妥貼新穎，為詩生色。可以說，林泉是創作比喻的能手。

三

現代詩，在修辭上有多種變化，而現代詩人，就像法力無邊的孫悟空一樣，可以將人變物，可以將物變人，可以使看不見、摸不到的東西，一變而為可觸可摸的物體，也可以縮短時間，或拉長光蔭，總之，現代詩人的神通甚為廣大。

在林泉的詩中，我們可以找到各種各類「變」的修辭法：

（一）

風的手指紡織雨絲

蓋一片汪洋於熱鬧的市街

太陽把海水白沙煮成金色

把海邊城市鑲成珠光寶氣

（這是人變，亦稱擬人法。由於詩人將感情注入萬物，故有形的事物，便與人站在對等同類的地位了。）

（二）

以彩筆的鑰匙開啟世界

擴大生命的風景

使大海的容量

盛於杯子裡

高山的雄偉
插入建築中

（這是以物擬物的手法。詩人將「彩筆」化作「鑰匙」，造成了詩的境趣。）

（三）

你握着手中的意志
再度逆流而上……

白皚皚的雪片
本來定可把大地污點蓋盡
可是潔白的心情
不容污穢的真實
卻一下又坦露出來了！

（這是詞性之變，詩人將名詞，動詞或形容詞變作其他詞品，以使詩句新穎活潑。）

（四）

蕉窗綠樹的點滴
滾滾於長長葉上
是雨珠呢？還是淚珠？
依舊在世上長流？

（這是疊映的手法，詩人將「雨珠」與疊映，一真一幻，令人產生無限的感慨。）

（五）

清晨　窗外
眾鳥齊鳴
開發朵朵
無形有聲的花
可讓眼睛看花聲的形
讓耳朵聽花形的聲

瞬間，不知
已凋落多少了？

（這是感官交縱移就的手法。由「眾鳥齊鳴」（聽覺）變成了朵朵無形有聲的「花」（視覺），又再從「視覺」換位到「聽覺」上去，因而詩中的意象分外活潑生動。）

詩人林泉是精曉各種詩藝的，讀者可以從他的詩中發現各種高明的表現技巧。

四

林泉關心中國，關心菲律濱，也關心苦難的人類，所以，他不作無病之呻吟，他的詩多為真實的生活體驗，換言之，湧現在他筆下的，是一首首介入生活的詩，有激情、有批判、有憂傷、有回憶，也有大愛……。〈這個城市〉有如下數行：

這個城市
再下去恐怕
只有子彈能說話了
血不在脈管裡流
只許成流的灑遍地上
陰霾的天，若果
要下雨，就向
腮邊垂垂下滴吧！
天地縱使要雄辯

還是無聲的言語

在這罪惡的城市，每天翻開報紙，看到的——不是綁票、搶劫、便是強姦、流血的新聞。林泉在詩中的控訴，令人震動，也令人心傷。在〈麥堅利堡〉詩中，有如下數句：

告訴我，漫山遍野的
白色十字
是是否着意為乾坤帶孝？
釘在十字下
偉大的夢
是否至今猶未甦醒？
讓無聲的打鼾
遺忘了的歲月
以及沙土、榮光與死亡
一同囚在冷冷的石碑裡吧……

殘酷的戰爭，證明了人類的愚昧。而林泉的反戰詩，情真意切，引起了讀者思想感情的共鳴。〈空酒瓶〉詩中，有如下幾行：

一樽空酒瓶
厚着顏面佔桌子一方

若果桌子屬於一個世界
空酒瓶將歸於那一族類？
有瓶無酒像樽酒瓶嗎？
有色無香的塑膠花？

以為世界一切都是假假真真
空心透明，如何看不進自己？

厚着顏面佔桌子一方
充數的一樽空酒瓶

「空酒瓶」象徵的，豈止是菲華詩文壇的現象！其實，在這紅塵世界，「厚着顏面佔桌子一方」的「空酒瓶」，乃是隨處可以見到的。

六十多年來，林泉默默的創作，他從不爭名，從來不懂得阿諛奉承，但，吾人深信，他那一首首鏗鏘的詩作，將流傳到久久遠遠。

賞析一樂的〈寫〉

一直
磨着自己
用毛筆
一葉葉　寫
一節節　寫
　　　寫
一幅墨竹

本詩發表於《藍星》詩刊第十三號，是菲華詩人一樂近年來眾多小詩中頗堪玩味的一首。詩人善於運用具體之意象，以表達抽像之觀念與情事。「寫」一詩共二十二個字，以「寫一幅墨竹」為譬，把作者的心靈狀態，表達無遺。

此詩以「一直」二字貫串全篇。第一段起首兩句「一直／磨着自己」，這裡，「一直」可作如下的詮釋：一、詩人不斷地迫着他自己或不停地鞭策他自己的意思；二、「磨墨」之形象。第兩句「磨着自己」，詩人以擬物法，把他「自己」化作「墨」，一磨再磨，為的只是一個字：寫。為了證實自己的存在價值，詩人自己要不斷地「磨」練，不斷地「寫」……。而主述者是一個心有企圖的人，此詩，字面是寫一幅墨竹，骨子裡卻是寫作者自己的襟抱。

詩中的「磨」字用得很好。有「修琢」自己的意思：所謂「玉不琢不成器，人不琢不成材」，凡是棟樑，都是經過「修琢」的，當然，詩人深明此理。有「致力於學，矢志不變」的意思：理想之實現，是沒有捷徑的，而主述者知道他自己要想出人頭地，除了學習與勤練以外，須有「貫徹始終」的堅強意志。有「磨杵作針」的意思：詩人相信只要他自己用功日久，終必有成。有「磨去鋒芒，折去稜角」的含意：古來多少英雄豪傑，都有道大莫容的心情，都不欲炫才揚己，而作者也想「磨」去他自己的鋒芒。此外，詩中的「磨」字也令人聯想到《左傳》：「磨厲以須，王出，吾刀將斬矣。」顯見主述者「預備利器，以待一試」呢。

「磨着自己」也可象徵詩人創作的過程——把腦汁「磨」成墨汁，用以揮灑在稿紙上。有人說：「寫詩，真乃苦事也。」李賀是有名的「苦吟詩人」，他的詩，都是用「腦汁」磨成「墨汁」而成篇的。李賀，「一直磨着自己」，有詩自云：「吟詩一夜東方白」（〈酒罷張大徹索贈詩〉），每到他母親怒斥：「是兒要嘔出心肝乃已耳！」（《唐書本傳》）的地步。由是可見，由來享有盛名的詩家，無不是時刻在求精進，「一直」在「磨着自己」的人。

第三、四、五句，「用毛筆／一葉葉　寫／一節節　寫」此處，作者用「毛筆」來象徵歷史悠久的中華文化，而憑着優秀的「中華文化」，詩人想「寫」些什麼呢？詩中，「一葉葉」指「一頁頁」地寫，也指君子風範；「一節節」指「一段段」地寫，也暗喻忠臣義士的節操。此外，「一葉葉　寫／一節節　寫」也有細心經營的意味，而且這兩句詩是詩人寫「墨竹」的伏筆。作者敬賢慕聖，他心中想「寫」的，無非是謙退的君子，無非是「環節」往天空步步高升的不變的志向，或烈士的「不肯折節」、「寧折不屈」。

至於「寫」這個字眼，無疑的，是指引筆為書作字，也是指摹畫。可知，詩人所表現的，應是他心中對高風亮節的君子之讚美，以及他心中亟思仿效先賢效先聖之意。

在青史留名的忠義之士，例如一心想輔佐君主，把國家的政治達到三王盛平的境界的屈原；例如代父從軍，馳馬軍幕，過着「萬里赴戎機，關山度若飛，朔氣傳金柝，寒光照鐵衣」的征人生活的木蘭；例如背上刺着「精忠報國」四字的岳飛；例如「忠肝如鐵石」的文天祥；例如生前以「鞠躬致命，克盡臣節」自期，死難後在亂軍中連屍骸都找不到的史可法；例如起義失敗，臨刑前寫下「秋風秋雨愁煞人」七字的秋瑾……這些義氣豪邁的忠義之士，都是主述者讚美、仿效的對象。

詩中，「一葉葉　寫／一節節　寫」，其空格值得注意，而詩人筆下先出現「一葉葉」「一節節」之象，然後出現「寫」字，頗有動感。如作「寫出一葉葉與一節節」，就太散文化，並且減弱了動態之演示的效果。

第二段「寫／一幅墨竹」，首句只有一個字「寫」，頂承第一段最後一個字「寫」，詩人運用頂真手法，勾牽鎖連，使結構緊湊。這種手法，與電影中「蒙太奇」的剪接手法，有共通之處。

此外，第一段兩個「寫」，與第二段首字「寫」，在下面排成一條直線，乃是詩人藉圖案畫的方式，給讀者「一直」的感受，使內容與形式相互配合；三個「寫」字排列在下面，也暗示出作者「寫」的過程，一直以低姿勢的「虛心」來「寫」。

尾句，詩人懸出了——「一幅墨竹」，使整個主題浮現出來。原來，詩人摹畫的是「墨竹」。竹有象徵高風亮節的君子之美意，而竹的生命是經過「茹冰飲雪」之磨練的；詩人旦夕「磨着自己」，為的就是要使他自己成為一位有節操的謙虛君子。

竹，站在風裡雨裡寒裡暑裡，仍然堅持筆直、長青。這該是本詩另一層言外之意吧？

人馬的情懷——析莊垂明的〈愛的面貌〉

一九八四年，莊垂明發表了一首富於藝術性的小詩〈愛的面貌〉，以神話中的「人魚」和「人馬」做意象，含蓄地表達出愛的困境，透露了詩中主人翁心裡的無可奈何。此詩結構嚴謹，不求工而自工。豐沛的情思在字裡行間浮現出來：

雖然，你只不過是
一尾漂流的人魚
但我仍願擁有你，關顧你
認識你浮現的一半
沉隱的一半

然而，我的憂慮
乃是如何馱着你揚蹄奔馳
讓你催趕我，撫慰我

熟悉我的人面
我的馬身

作者在這首詩裡寄託了他對「愛」的看法。這篇感情濃烈，情緒奔放。初讀此詩。有突兀的感受，但是一讀再讀三讀了之後，卻使人有凝聚、新穎、清鮮之感，兼且令人怦然心動；這是因為主述者在詩想的構成上和技巧的運用上，有靈活圓熟的表現。

此篇一開場，詩人就描繪：「雖然，你只不過是一尾漂流的人魚」，人魚是異類，這裡，以「人魚」來隱喻在人海中漂流的對象，而這種生活環境不同，思想與嗜好相去很遠的戀愛對象，或許是「悲劇」的根源吧？在人海中，所見到的盡是「異類」，欲尋找一位「心有靈犀」，能夠相知相惜的「同類」——來作為終身伴侶，那真是太難太難了。

「但我仍願擁有你，關顧你」，獨白者「我」，執意愛戀着異類的「你」，更說明了「我」的多情。然而，詩中的「我」，傾心「人魚」，並與之談戀愛，即使是生活在一起，精神上和肉體上也難以配合。在此，「雖然」，「但我仍願」這些字句，隱隱透露出「我」沉鬱的心境。

主述者無限委婉蘊藉：「但我仍願擁有你，關顧你」，固然，用情至深，愛的魔力是很大的，「我」寧肯不計較一切，明知「你」是「異類」，「仍願」一心一意地「擁有你」與「關顧你」，到這裡熱戀之情達到沸點。不過，「我」對「異類」的纏綿、迷戀，或「我」的固着、執拗，雖是非常動人的一種情愫，卻會帶來什麼結果呢？讀者細品全詩後，當會有所感悟。

「我」心血沸騰，更進一步要「認識你浮現的一半／沉隱的一半」。顯然，人魚在海中「浮現一半」，象徵了戀愛對像「可以清清楚楚見到『美』的一面」，而「沉隱的一半」是人魚的尾巴，端在象徵「看不到的『醜』的一面」。現實的世界中，多的是像「人魚」一樣的人，光榮的事或顯赫事蹟，可以公開展示，但不光榮的事，誰敢於展露？作者以「浮現的一半，沉隱的一半」來象徵美和醜、好和壞，至為精當。

對於「熱戀」中的人來說，愛一個人，可以連對方的缺點也刻骨銘心地戀愛在內的。「我」願以關懷「你」的心，認識你浮現的一半，沉隱的一半，不管「你」潛藏的一面有多醜惡，有多難看，「我」這顆為「你」不住地撞跳的心，斷然不會由於「你」露出了「尾巴」而生退意，也不會有一絲一毫的嫌棄之念，並且誓將在瞭解和同情下，更加深刻地戀愛着「你」。這是何等高格調的「愛」啊。或許，這首詩最「感人」處便在此。

第二段瀰漫着不快樂的情緒。第一、二行「然而，我的憂慮／乃是如何馱着你揚蹄奔馳」，主述者終於憬悟到不能單憑一己的多情，便解決了現實中的問題，因此，產生了至大的「憂慮」。「我」，即使是得償所願，與「你」朝夕相處，又將「如何馱着你揚蹄奔馳」。「揚蹄奔馳」意謂「進取」。詩中，「我」不是人，而是「人馬」，要想馱着「人魚」揚蹄奔馳，是不切實際的夢想呀。

如果，「人馬」能夠馱着「人魚」向美好的前程或理想的境界奔馳，那是匪夷所思，出人意料之外了。所以，「我」痛苦的心情，是可以想見的。

至於「讓你催趕我，撫慰我」，肯定是永無實現之時日了。「我」空有滿腔的熱愛，空有上進之心，但是無法馱着你揚蹄奔馳，進而讓「你」在我偷懶之時「催趕我」，在我感到疲累之時

「撫慰我」，假如，「人魚」與「我」結合，那是註定沒有前途，沒有幸福的，「我」又怎忍心使「你」陷於「沒有美好前程」的境地呢？「讓你催趕我，撫慰我」是美麗的夢想罷了。

最後兩句，「熟悉我的人面／我的馬身」，寓有自貶之意。這裡，以希臘神話中的「人馬」象徵雙重人格，非但貼切，兼且意趣盎然。半人半獸的「我」，一直憂慮着：如何讓「你」習於見到「我」真正的面目，而不致感到厭惡。

凡此種種「憂慮」，充份表達出戀愛時的猶豫、痛苦，以及複雜的情懷。

「愛的面貌」一詩，以兩個極端相背的意象「人魚」與「人馬」，構成了尖銳的對比，把一般人的「愛的困境」刻劃無遺。同時，更點出了戀人之間各方面的顯着差別。很耐玩味。

站成一棵樹——談雲鶴的〈鄉心〉

雲鶴的詩，大抵偏於精約寫真，情味餘於意言之外。教人讀來覺得平淡中有深沉感慨。

雲鶴，本名藍廷駿，菲律濱華僑，詩筆的揮灑和他攝影機鏡頭的運作一樣靈活。他攝影上的成就，曾獲得國際影藝聯盟（ＦＩＡＰ）頒贈最高榮銜，而他詩作的成績，則從十七歲，即出版第一本詩集《憂鬱的五線譜》，從此創作不輟。

出版的着作尚有：《秋天裡的春天》、《盜虹的人》、《藍塵》、《野生植物》等。

以下即是雲鶴寂寞、幽憤的〈鄉心〉：

——飛翔豈止於俯視
是雲，就化為雨為露
降落、灑開、滲入每寸泥土
小徑等待久違的步伐，石屋
把斑剝留與誰看？
雞啼來晨暉，雀噪壓枝

幾聲犬吠吠出了鄉音
當炊煙殘酷地旋入暮色
山突然退去，留下夕陽
烘乾了望歸的眼

就這樣站着，望歸人
站成一棵樹
欲擁抱什麼似的
向天空攤開千手

這詩雖處處寫景，卻處處含情，是情景交融的佳篇。

整首詩意都是從詩人的「鄉心」裡「望」出來的。這詩開端即畫出了故園的小徑、石屋，的確是「詩中有畫，畫中有詩」。而作者在所生的意象中強烈地逼出無限的悲情。

第一段第一、二行「小徑等待久違的步伐，石屋／把斑剝留與誰看？」一幅荒涼的景象呈現在眼前，給人一種味之不盡的酸楚的感受。這兩句詩，是寫詩人離鄉時間的久長。令人油然想起賀知章的七言絕句：

少小離家老大回，

鄉音無改鬢毛摧。
兒童相見不相識，
笑問客從何處來？

以率真之筆，寫久客之感，是何等的真切動人。

故鄉，永教人中心懷之，無日忘之。哪一個遊子不想歸去那夢裡的家山呢？無疑，「鄉心」一詩的作者羈旅異域，千思百想，故能清明地覷見故鄉的情景。「小徑等待久違的步伐」，詩人將「小徑」託為有情，予以人格化了，是故「小徑」才會「等待」久違的步伐。那「小徑」，完全是受了作者「思鄉的羈愁」的感染，個人感覺流落海外，嚐盡了冷暖酸苦，也感覺親友都在等待着旅人歸去，而「小徑」被情感所浸透與改造，被認為：正在苦苦地等待遊子歸去哩。這裡，「久違的步伐」表出了詩人離家日久，其間暗喻着大時代遊子的悲劇。

「石屋／把斑剝留與誰看？」主述者提出了寂寞心扉裡的疑問。此處，「斑剝的石屋」，也染着情感的沉鬱色彩，變成情感的替身。詩人不說故園親友的意態神情，也不說積聚了數十年的離愁別恨，卻說「石屋／把斑剝留與誰看」，讀者讀之，自會覺到一股淒其憂傷之情，透過「斑剝的石屋」，完全噴薄出來。同時使心中想說的話，都藉着「石屋的斑剝」而餘韻蕩漾。比起快意吐露的詩句，確實委婉深沉多了。

再則作者以詢問的語氣，挑起讀者心中的疑惑，是一種屬於「刺激」性質的語言。古詩中也常見設問之句，例如李義山的「此情可待成追憶」及「銷愁斗幾千」。

第三、四行「雞啼來晨暉，雀噪壓枝／幾聲犬吠吠出了鄉音」。詩的佈局，由靜穆而喧鬧，所描寫的景物也逐句增多了。兩行詩裡，有動態的演示，有視覺形象：「晨暉」、「枝」；更有聽覺形象：「雞啼」、「雀噪」、「犬吠」、「鄉音」。讓人讀來有立體的實臨感受。「雞啼來晨暉」，「雀噪壓枝」，這些拂曉之景象，皆顯示了詩人歸去時內心的喜悅。「幾聲犬吠吠出了鄉音」，則凸顯出詩人念念不忘「鄉音」的思想感情。作者以聽聞、視見，來呈露意象，同時以外在美好的景物來表達遊子還鄉時喜悅的情懷，形成了趣味盈然的詩境。

第五、六、七行「當炊煙殘酷地旋入暮色／山突然退去，留下夕陽／烘乾了望歸的眼」。此處，時間上與空間上皆有了急遽的變化，剛剛還是「拂曉」，現在卻是「入暮」了。而景物也由近推遠，由「小徑」、「石屋」轉變為「夕陽」。顯然，詩人寫時空的變化，即是寫心境的變化。心情由愉快而轉為懊惱、悲傷。這裡，「景物」是「當炊煙殘酷地旋入暮色」，暗示着還鄉之美夢如「炊煙」般消失了。「山突然退去，留下夕陽」，意謂「故鄉」又從詩人的眼中退回思而不見的遠方了，只留下濃濃的旅愁。而火似的「夕陽」，火似的「鄉思旅愁」，烘乾了主述者淚濕的雙眼。至為深刻地表現了客思的隱痛。

第二段只有四行「就這樣站着，望歸人／站成一棵樹／欲擁抱什麼似的／向天空攤開千手」。詩人以情感改造理性，「望歸人」能夠「站成一棵樹」。這類詩句，極富「別趣」。《滄浪詩話》說：「詩有別趣，非關理也。」仍是指這一類放縱想像或主觀極重的詩。這裡，「望歸人」可以解作詩人本身希「望」早日「歸」去，也可以解作故土之親友正在舉首「望」着天空，「望」着「歸人」從天而降。由於「望歸」，由於「久站」，因而「站成一棵樹」，既呈露鮮明的象，更表現沉鬱的情。而樹「欲擁抱什麼似的」，「向天空攤開千手」，詩人不言怨情，然怨情卻顯現於言外了。此詩詩意曲折，相當耐人深思。

柳宗元也有一首勾勒思鄉之痛苦的詩〈與浩初上人同看山寄京華親故〉：

海畔尖山似劍鋩，
秋來處處割愁腸。
若為化得身千億，
散作峰頭望故鄉。

最末兩句，詩意說：「倘使能讓我化身成千億個，那麼千億個我，必然一齊散在刀山般的峰頭上，望我的故鄉！」

柳宗元這一首詩與雲鶴的〈鄉心〉意境相近，雖表現手法迥然不同，卻同樣有不盡的情味，同樣深深打動讀者的心弦。

析謝馨的〈絲棉被〉

一九八一年，菲華文藝復興，謝馨一直埋首努力創作，詩的產量甚豐；她的作品散見於菲華各文藝副刊，以及國內詩刊雜誌，博得詩壇無數的讚譽。

謝馨的詩，大多充滿婉約斑駁的意象，散發着淒清淡淡的哀愁。〈絲棉被〉這篇，是女詩人對着「絲棉被」傾訴一己的願望與心聲。詩人企圖借「絲棉被」這個意象暗喻故國，以及表現自己的慕情。全詩如下：

當然我無意
重複抽絲
剝繭的過程：由蛹
至蝶，遠溯至
老莊底夢境

我只延着絲路，尋覓

溫柔鄉
的位置：彩繡的
地圖，在被面
勾勒出東方
旖旎的經緯。織錦的
羅盤，由纖細的花針
指向古典
琴瑟的一絲一弦

點燃一隻紅燭；低吟
一首藍田
種玉的晦澀詩篇
啊！溫柔鄉
雲深，霧重
虛無飄渺如芙蓉帳
閉上眼，依稀聽見
春水暖暖
自枕畔流過……

此詩以懷念遙遠的家園與傾慕悠久的文化為主題；表現出一種纏綿、迷戀、留戀不捨的情懷。此詩意象層層地剝露，意味含蓄而深邃。

全詩分三段，第一段講述作者就寢前，對着「絲棉被」聯想翩翩。「當然我無意／重複抽絲／剝繭的過程」，雖說無意一一指出或不加深究造成今日為人矚目的「中國」之原因，但詩中已暗示了「泱泱大國」，自有其複沓的過程。

「抽絲剝繭」的過程：「由蛹／至蝶，遠溯至／老莊底夢境」，作者有意無意地點出：很久以前，中國即有許多偉人先賢，「莊子」就是其中之一。

到底是老莊夢見蝴蝶？還是蝴蝶夢見老莊呢？作者很技巧的以「老莊底夢境」，表達出我國擁有了悠久的文化。早在千年前，我國已有哲人着書立論，這就是我們之所以被稱為「文明古國」的原因。

如果，我們要在此中追求歧義的話，那「當然我無意／重複抽絲／剝繭的過程」，可以解為主述者已無意抽掉「情詩」，也不想追究造成今日「作繭自縛」的原因；「老莊的夢境」，則可以代表主述者的「人生觀」。「蝶夢」典出莊子〈齊物論〉：「昔者莊周夢為蝴蝶，栩栩然蝴蝶也，自喻適志與！不知周也。俄然覺，則蘧蘧然周也。不知周之夢為蝴蝶與，蝴蝶之夢為周與？」或者詩中主述者有過一段快樂的時光，而到底是詩人在做夢，還是詩人根本就在美夢中！？

除了五千年文化之外，中國還有錦繡的山河。第二段，「我只延着絲路，尋覓／溫柔鄉」，作者在寂寞的夜裡，對着「絲棉被」聯想到美麗的故國，意欲搜尋它的位置。在此，尋覓「溫柔鄉」引申出來的，不只是懷念「美麗故國」暗示，「溫柔鄉」又象徵着情人的懷抱。人在孤獨中，想念着遙遠的戀人，一如想念着遙遠的美麗家園。

「彩繡的／地圖，在被面／勾勒出東方／旖旎的經緯」，頓時，錦繡的山河與明媚的春光，呈現在讀者面前。而主述者對着旖旎的經緯，就好像對着旖旎的往事一般。

「織錦的／羅盤，由纖細的花針／指向古典／琴瑟的一絲一弦」，在此，「絲棉被」變成了「羅盤」，「纖細的花針」變成了「指南針」，繁複的意象，能把主題深刻地挖掘出來。「花針」指向古典，指向琴瑟的一絲一弦，使讀者腦中浮現了千年前的樂器，再次暗示我國擁有悠久的文化，充分地把詩人戀慕故國的心境，襯托了出來。「琴瑟的一絲一弦」並且蘊含「琴瑟之樂」之義，暗示主述者懷念着往日與戀人相處時的「琴瑟之樂」。

第三段，「點燃一隻紅燭；低吟／一首藍田／種玉的晦澀詩篇」，那是個孤獨的境界，而在搖曳的燭光中，吟詩唱詞，也是一種「懷古」的行為吧?!「點燃一隻紅燭」，會使人想到我國的「洞房花燭之夜」，而為何紅燭不成對呢？為何僅只點燃一隻紅燭？在此，一隻紅燭又象徵着寂寞孤單的詩人。「藍田種玉」，也許會使人想到「夫婦的恩愛情景」。

「啊！溫柔鄉／雲深霧重」，祖國的遙遠的雲中霧中，戀人也在遙遠的雲中霧中，看不見，摸不着，所以詩人說「虛無飄渺如芙蓉帳」。

「閉上眼，依稀聽見／春水暖暖／自枕畔流過……」詩人緩緩地閉上了雙眼，而依稀聽見故國的輕柔呼喚，以及戀人的蜜語甜言……

「絲棉被」一詩寫得很含蓄，卻表現出中國人的懷鄉思古之情與女性的纏綿柔情。此詩，作者把心中之「情」表達得淋漓盡致，令人低迴不已。

讀謝馨的〈杯子〉

我喜歡女詩人謝馨的一首新作〈杯子〉：

杯子被使用的剎那是杯子（強名為杯子）
杯子不被使用時是假像是幻象
是概念是夢

杯子是杯子亦非杯子名杯子
杯子無形亦非無形
杯子存在亦不存在
杯子無有自性
因緣而生
緣生無性
緣乃空（空有不二）

杯子之實相不常亦不斷
不一亦不異
不生亦不滅
杯子被使用的剎那是杯子
剎那變易……

是的，我們用杯子喝水之時，它的確是一隻被人握着的真真實實的杯子。然而，女詩人接着說它「強名為杯子」，這，就好像說執着「五蘊」或「肉體與精神」兩大部份合成之人體為我的「我」，其實並非真「我」，而僅僅是強名為「我」罷了。

色非我，受非我，想非我，行非我，識也非我。而杯子並非杯子，它是由一些元素結合而成，換言之，杯子是靠因緣而生的東西，完全沒有真實的物體可得，故杯子非杯子，僅強名「杯子」而已。

詩中第二、三行「杯子不被使用時是假像是幻象」「是概念是夢」。杯子一如人體，因緣合即生，因緣散即滅，而似有非實的杯子——不被使用之時，當然「是假像是幻象」「是概念是夢」。（眼睛看見東西就生出意念，意念和東西都是假的空的。）

第三段第一行「杯子是杯子亦非杯子名杯子」。這，猶如「一面鼓是鼓非鼓稱為鼓」一般，而佛陀如此解釋：「一面鼓，不是一個東西就叫做鼓，有了鼓皮，有了撐鼓皮的木頭，還有人持着鼓槌打鼓，鼓就有了聲音。其實這鼓聲的本質是空的，未來的聲音並不存在，過去的聲音也不存在，鼓聲不是從鼓皮出來，不是從鼓木出來，不是從鼓槌出來，也不是從人的手出來，而是會合了這幾種事物而成為鼓聲，鼓聲從空生出也在空滅去，萬物也是這樣，本來清淨沒有原因而成法，法也沒有存有……」佛陀的話，可以用來解釋「這句詩」。

再舉一例：一首詩的完成，一定要有詩人、筆、紙張、打字和印刷而成，若無詩人、筆、紙張、打字和印刷，詩根本就不可能存在。由是可知，詩是緣起（各種條件集合而生起）的，它沒有真實的自體，沒有真實的自體，就是空。而由於杯子也是假各種條件集合而有，故說「杯子是杯子亦非杯子名杯子」。

第二段第二、三行「杯子無形亦非無形」，「杯子存在亦不存在」。杯子是假眾緣和合而成，如鏡中花，水中月，只有假相，所以女詩人說「杯子無形」「不存在」。而說「亦非無形」「杯子存在」，則是指「杯子」雖是緣起而性空，但並不是沒有，其假相宛然存在。

第四、五行「杯子無有自性」，「因緣而生」。什麼是自性？人體的變化遷改從不停止，但在變滅的過程中，人的身體裡卻有一個不滅的東西存在，那就是自性（人死之後，尚有原來就沒有生滅的自性）。而人有自性，杯子卻「無有自性」。它只是「因緣而生」，亦即因緣所生法，無有自性。

第六、七行「緣生無性」「緣乃空」（空有不二）。有形的物質與無形的精神，皆是因緣所生法，無有自性，因緣合即生，因緣散即滅。故說「緣生無性」「緣乃空」（這裡的空是「性空」，不是什麼都沒有的空）。而「空有不二」乃是指「非空非有，亦空亦有」之實相。

第三段第一、二、三行「杯子之實相不常亦不斷」「不一亦不異」「不生亦不滅」。杯子性空，而構成杯子之各種元素卻一直在變化，亦即「不常」，但物質不滅，該些元素是「不斷」的

——雖然各種元素一直在變化，卻依然是「該些元素」。其實，天地的萬事萬物在現象上固然變幻無常，但穿透了現象的無常，乃有常的存在。故女詩人說杯子「不一亦不異」。

而「不生不滅」，這四個字可以說是「般若心經」的真髓或則可說是掌握佛教教義或其他事物非常重要的四個字。女詩人認為「空」（沒有實體）的杯子與緣起相關「生與滅」也是一樣，「離生即無滅，離滅即無生」，所以她說「杯子不生亦不滅」。

第四段第一、二行「杯子被使用的剎那是杯子」「剎那變易……」。杯子跟人一樣都是「無常」的，都是「生滅遷流，剎那不住」的，故它被使用之時是杯子，使用之後已經起了生住異滅，亦即成，住，壞，空的變化。這裡，「杯子被使用的剎那是杯子」點出「剎那無常」。

剎那是最小的時間單位，又譯為一念，一彈指有六十剎那。楞嚴經：「沉思諦觀，剎那剎那，唸唸之間，不得停住。故知我身，終從變滅。」——由此可知，杯子之「剎那變易」乃是無可避免的。其實，生命以及天底下所有事物都在「剎那變易」，電光石火一樣，不斷地「剎那變易」……

在謝馨的「杯子」詩裡，我們看到了無常的開示，領悟了世界上的物質，生命，甚至情愛都不得貪執的道理，同時領悟在現實的流轉中，我們應勉力於不因外境的好壞而心生憂喜的道理。

如果讀者用心細讀這首〈杯子〉，或會有更多的感悟。

析〈斗室〉

〈斗室〉是吳天霽較為滿意的作品，屬於分行自由體的小詩。

吳天霽經常冷眼觀察世態人情，他具有敏銳的觸覺、縝密的心思，而他喜於藉詩來抒發一己的情懷。〈斗室〉是難得一見的「小詩」雋品。作者在〈斗室〉中表達出對生命的澈悟，與對愛情的體認。

此詩雖是描寫夫婦的現實生活之情景，卻包容了濃厚的普遍性。全詩如下：

妻和我
在斗室中
生活着

我們時常
對望着
使斗室

此詩非但沒有「為賦新詩強說愁」的弊病，也沒有「標奇立異，刻意求新」的企圖。這篇寓意深遠，富於哲味，而且，夫妻之情溢於字裡行間。

首段，文字平白，作者敘述「妻和我／在斗室中／生活着」，讀完第一段之後，我們立刻可以察知，詩中描寫一對清寒的夫婦，兩人租賃了一間「斗室」——在那小小的天地中相依為命。

第二段，緊接着描寫「我們時常／對望着」，把夫婦倆人恩愛的情景，呈現在讀者面前。

第二段的第三、四句「使斗室／無限大起來」，筆法驟然一轉，詩的主旨，頓時躍然於紙上。原本平鋪直述的詩句，經過這樣的一轉，產生了強大的張力以及新鮮的意義。

夫婦兩人的對望，怎會使斗室「無限大起來」呢？作者沒有直接的說明，然讀者不難想像：一對清寒的夫婦，雖則物質缺乏，生活困厄，惟他倆的恩愛，卻使得心靈世界，在無形中擴大起來。

此地，「對望着」一句非常簡潔生動，用以暗示夫婦的相憐相惜，以及彼此安慰、彼此鼓勵，可謂十分恰當。「對望着」這一句極為重要，此句開始向精神世界延伸，成為第二段第三、四句之間的橋樑。

尾句，作者之所以寫「無限大起來」，是因為夫婦倆人無視物質的缺乏，只覺得心靈上非常充實，——倆人雖是生活在斗室中，精神世界卻無限地大了起來。因為「恩愛」，所以在困窘的境遇中，仍能保持樂觀的心態。

此詩談情而不顯，說理而不露，含蓄而深刻引人，算得上是吳天霽的佳作之一。

張香華談詩

日期：一九八五年十一月三十日
時間：下午五點
地點：馬尼拉酒店

黃昏，坐在馬尼拉大酒店靜謐寬敞的房內，面對着女詩人展開的溫厚笑容、眼眸中流露出來的那股靈秀，心裡份外覺得平靜。

玻璃窗外是岷海灣動人的景緻，而柔黃的燈下，女詩人張香華端來一杯冰水，然後輕鬆地坐下來，抱着膝蓋，以溫柔的聲調誠懇地……

來菲的因緣

權：您這次來馬尼拉參加「亞華會談」，對您本身而言，有什麼意義呢？

華：我想您這個問題，我是不是能稍微做個補充，我覺得來菲的因緣，恐怕不是「亞華會談」這四個字概括的。

（這時女詩人呈沉思狀）。

華：說起來話就長了，菲律濱我是第一次來，最早的時候，我說過是因為王國棟先生、夫人帶了耕園文藝社社友到台北，我們很偶然的結識，我很欣賞王先生為人那種豪邁之氣，而且看到他們對文化事業那麼熱衷，非常敬佩。那時候，我對菲華文壇的狀況非常模糊，因為我沒有來過，而且過去也沒有機會讀到各位的作品，只知道有一位熱心組織文藝社團的王先生在領導耕園，如此而已，後來王先生過世了，小華接承了他的遺志，繼續在鼓舞耕園。還有一個原因，真正讓我來菲律濱的，我想應該謝謝您。我說的是很坦誠的話，您給我寄詩刊的時候，我才發現，你們的詩刊在菲律濱是這樣的磅礴，而且我看到詩刊的觸鬚伸得很廣，並不單單限於菲律濱的一些詩人，您也很樂意跟香港、台灣、新加坡、美國的詩人保持密切的聯絡，注意詩壇的動向，我可以說是很受了您的鼓舞。現代詩啊，大家摸索了那麼久，好像在那裡寂寂獨行，也不是很多人所能夠關心跟灌溉的，我看到了你們的作風，覺得菲律濱的詩人這麼熱情，這麼可愛，所以我開始心動起來。再來呢，就是接到你、子明、小華、亞藍的信，你們給我很多的鼓舞，邀我來馬尼拉。後來，我就決定說既然大家都希望我來，希望柏楊也來，柏楊因為《資治通鑑》翻譯的工作壓力太重，所以他從頭就想這次他沒有辦法，因此我才單槍匹馬一個人來，尤其我對你們的興趣這麼樣的濃，所以我想自己先來看一看。正好這個時候也是「亞華會談」，也可以借這個機會跟馬來西亞、新加坡、香港這些寫作的朋友切磋交流，是這樣子而來的。

我想這次來馬尼拉的意義，是包含在這許多因緣裡頭，最重要的，我這次來是要做點具體有意義的事情，不是單單來這裡做社交活動。我希望自己有一點點能力，能夠具體在交流上做一點事情。

詩的種種問題

權：我想請教，台灣目前詩壇的狀況是怎樣的？

華：台灣目前有些詩刊，沒有辦法很定期的出版，前一些年，大概是十年吧，恐怕是台灣詩壇最蓬勃的時候了，無論是論戰啦，創作啦，都蠻活躍的，目前我想是保持一個穩定中大家求摸索的狀態。沒有什麼特殊的發展，或是特殊的活動可以報告。

權：您為什麼喜歡去研究詩呢？幾歲開始接近詩？

華：我想真正對詩有興趣，包括舊詩在內，我是從初中開始，我覺得詩的密度這麼大，能夠短短的幾個句子，幾十個字裡頭，把一個人的感情濃縮得這麼好，我那時候可能不會講這種話，我只是覺得詩好震撼人，覺得它餘味無窮，開始的時候，就是這樣子喜歡它接近它。

權：您怎樣去完成一首詩呢？

華：我覺得當然一首詩先要有它的主題內容。在你的生活裡面，有一些觸發，使主題跟意念慢慢醞釀到某一個程度的時候，不知不覺的某一種情況下，你遇到一個意象，可以跟你的主題相配合的時候，會有一種微悟的感覺，那麼你就開始慢慢去經營它，我倒不太知道需要多少時間，有的時候，也許是很久以前，埋藏在你心裡的某一個感觸，或者某一個想法、某一個觀念，一直沒有找到適當的方法來表達，因此，也許在某一種情況下，你捕捉到了，那是屬於很自然的遇合。當然也有的時候，我們是刻意去做的，在我的經驗裡面，我原先以為詩完全需要無意中這樣去碰的，後來我發現也不盡然，因為你有心跟沒有心會差很多。我的過程裡面，也有主編詩刊的經驗，大概有一年的時間，那一年我寫得最多，可見有一種潛意識在引導你對詩這方面多用點心，否則的話，我想人都有一種惰性，日常生活有很多瑣碎的事情，你沒有把你的心思用在詩思上面，也就過去了。如果你時常提醒自己必須把你的思考你的情緒用在詩上面，那麼，產量就會多一點了。（停了一下，笑着說）我講得很複雜，我的意思是說，先要有一個主題，或者有一個意念，慢慢經過醞釀，主題就是你生活裡面的所思所感，詩就是這樣子而來。

權：您比較喜歡知性的詩，還是感性的詩？

華：我覺得各有各的好處，沒有什麼偏愛。

權：那麼，您心目中的好詩，應該具備一些什麼條件，詩的技巧是不是比內容重要？

華：一首好詩，我想是內容跟技巧的融合。我認為，內容跟技巧這兩者的比重，好像很難說那個應該重，那個應該輕。當然一般來講，對文學稍微有一點涉獵的人，大概都知道，如果一篇作品，只是技巧的玩弄的話，那就沒有什麼開拓性。如果一首詩純粹是技巧的表現的話，那就是做秀的事情了。我想一首好詩，一定要有很深的內容，並且要有適當的表達方式。表達的方式很多，以古人來講，他們把詩的表達方式歸納成賦、比、興，很難講說是賦好，是比好，還是興好，或者三者混合運用，這就要靠個人的巧思去表現了。所以我認為藝術作品，沒有一個絕對的規則，或者一個公式，可以讓你去套用的。

權：您寫了那麼多的詩，自己最偏愛那一首呢？

華：我想，有自己比較不喜愛的詩。我每一首詩寫出來之後，都覺得沒有盡意。我說這個話，不是故弄玄虛，故意表示我還充滿了發展性。我倒是覺得，您如果叫我找一首自己比較不喜歡的詩，我會更加容易找得到，哈哈哈（女詩人不禁笑了起來）。不過，最好不要公開。

權：對於中國的現代詩，您的看法是怎樣的？您會不會覺得台灣有些知名的詩人，他們所寫的詩根本就是散文的分行，有些不是流於口號化，就是太過晦澀？

華：您剛才講的是台灣有些知名的詩人啊？我認為，現代詩是充滿了發展性的一條路，我是很肯定的。現代詩一定要寫下去，因為文學是一直向前的，我們沒有辦法說五言詩已試過，四言詩、七言詩已試過，現在我們要開始發展八言詩、九言詩，或者變成詞啦，而詞長短句也出現過了，跟音樂結合的詞曲也都在歷史上演繹過了，如果我們現在不發展現代詩，我們發展什麼呢？而且，我們有很多新時代的新觀念、新事物，一定要用現代的語言來表達。所以，我認為現代詩這條路是一定要走下去的。

（這時，女詩人換了一個坐姿。）

華：關於散文的分行，您的意思是說它的詩質不夠：是不是？

權：噯，對。

華：我在愛荷華提出過一個報告，我曾經談到台灣現代詩的幾個發展，幾個轉折。有一度台灣的詩是很崇尚所謂的超現實，以及象徵，特別強調所謂的現代感，也就是詩的跳躍性，同時強調意象的運用。非常強調的結果，使許多人看不懂詩，覺得現代詩太過晦澀。那麼，經過一個轉折之後，可能是回歸了，於是，大家又想寫些淺顯容易懂的詩，也就是明朗一點的詩，大家在語言的運用上，就走向平實的路子。我想，如果是站在這樣一個轉變來說，它也是一個可喜的現象，而且也是一個沒有辦法阻擋的現象，因為從事創作的人，他不能永遠只走一條路子，他必須不斷的變化，不斷的嘗試。您剛才提到散文分行的問題，這類詩之所以沒有詩質，可能牽涉到技巧不成熟的問題，我想是有這種現象的。這樣的詩，就讓時間去淘汰它吧。

權：您對近年在台灣流行的政治詩，有什麼看法？

華：我認為人生所有的東西都可以入文學創作的題材，當然政治也不例外，問題是你寫得好，真實還是不真實。如果寫得成功的話，我想它應該是感人的，應該是有深度的，應該是能夠引起共鳴的。基本上，我覺得一個創作者有一種任務感，或者使命感，而使命感不一定說非要去反對什麼，或者說非要去建設什麼。詩人總是有一個意念要表達吧，問題是你寫得好不好，如果是很粗糙的話，那我認為你寫政治詩，不如乾脆拿槍去幹算了，那更直接一點，更快一點。如果是裝腔作勢的話，你連寫愛情詩都是無聊的。你愛寫什麼你就去寫，因為你將來能不能夠存在，歷史會告訴你。大家各自發展，也沒有什麼不好。有一位詩人他寫入獄的情形，柏楊看了，說這哪是獄中詩啊，一看就知道這個人是沒有坐過獄的。如果他認為這樣子就能夠吸引讀者的話，根本就是錯誤。政治詩，我認為可以寫，但是必須有一種熱烈的不得不寫的感受，然後尋求一種水平之上的表達方式，我認為一樣可以寫。

權：如果詩人整天活在自己的小天地裡面，是不是也能寫出好作品？

華：我舉歷史上兩位肯定過的文學家來講，比如說李後主，您認為他的廣度夠嗎？他一樣在文學上有超越的表現，一樣有他的特色，甚至於李白，您認為他的廣度能夠和杜甫比嗎？所以，我認為不一定要強調社會性。你所生活所關懷的是這樣，那你就寫這樣。如果你的天地裡面是愛情，那你就很真實地從這裡面去挖掘一些人性的問題。我倒是覺得寫作者並不一定要深入社會，而一定要觸到人性的深處。「微風燕子斜」這句詩有很深的意味，「長河落日圓」是另一種境界。

權：「落日照大旗、馬鳴風蕭蕭」。也不錯。

華：（微笑）是的，各有千秋。

權：詩句是不是也要講究文法？比如余光中的「星空非常希臘」，您認為有沒有問題？

華：詩的表達方式相當的自由，尤其是現代詩，受了西方的影響，句法不是那麼的傳統。以文言來講，有的時候也會把主詞、動詞、受詞的位置顛倒，自然有它一些句法的變化，有很多配合的方式。文法嘛，你不能用一般要求寫散文的文法去約束現代詩、規定現代詩。余光中先生這個句子引起了很多議論。我個人認為，余先生的詩裡面，我有的相當欣賞有的也不完全那麼喜歡，「星空非常希臘」這句詩不是文法上的問題，冒犯一下，我覺得這只是一句俏皮話而已。從詩的創作立場來講，並不值得大家花那麼多的口舌去討論。

權：那麼，我們是不是也要學習舊詩？有沒有必要？您對舊詩與新詩有什麼看法？

華：如果你是寫新詩的，我覺得您可以去讀，但是沒有必要去學。舊詩的時代終究要過去，但是舊詩能給我們提供很多營養，可以把前人表達的方式、表達的內容，以及他們的觀念，透過藝術的技巧留傳給我們，這是一個寶藏。新詩是我們以後一定要走的路子，但我們沒有必要去排斥舊詩。去讀舊詩的話，倒是可以豐富自己。去寫的話，為什麼要去寫呢？除非你要做個復古者，當然你可以去學。

權：柏楊先生是不是受了您的影響，也開始欣賞現代詩了？

華（笑得很開心）：柏楊先生是一位非常自由開放的人，其實，他本身沒有否定現代詩的意思。我想，既然是生活在一起，而我喜歡現代詩，你說他完全不受我影響，那是不可能的。

權：除了寫詩以外，您也寫了好多的散文，能不能談談您對詩與散文的看法？

華：詩是我最早就很喜歡，散文呢，我覺得寫詩的人，一定要把自己文字的功力鍛鍊到相當的精鍊成熟。我寫散文，一方面也是對自己的一種鍛鍊，同時，我覺得有些東西可以入散文，而不能入詩。我記得從前台灣有一陣子很流行新聞詩，不過，我看了之後，可以說一首都不喜歡。新聞詩啊，我覺得在一首詩裡，它要傳達的訊息太淺，所以我認為那樣的話，你不如去寫報導好了。我的感受是這樣，也許我讀得不夠，或者是好的我都沒有讀到，不過有些東西，我覺得它適合用散文來寫。詩一定要有美感，一定要有很重的感性，它可以省掉很多細節的敘述，而不同的東西，你要用不同的容器來裝，硬要大家都來寫詩的話，那是沒有道理的。如果說寫詩就絕對不能寫散文，也是沒有道理。我覺得可以相輔相成。

菲華詩選

權：你怎麼會有出版一部「菲華詩選」的念頭呢？

華：我這次來菲，主要的是想做一點具體有意義的事。出版一部「菲華詩選」，可以把菲華詩人的作品介紹到世界各地去，讓台灣以及各地喜歡詩的人比較具體地看到。沒有作品的詩人，就好像一個沒有唱片的留聲機，怎麼樣去介紹自己呢？所以，我這次來，只想盡我一點能力，企盼在不久的將來出版一部「菲華詩選」。

訪問結束，深覺得張香華見地精闢，有些話實在令人難忘和感動。

女詩人笑意盈盈地提議出去走走。步出大酒店，我愉快地在夕照中帶領女詩人往華人區坐馬車……

心中激盪過的歌——讀張香華詩集《千般是情》

一

中夜悠柔的燈泡下，披閱鑑賞張香華的《千般是情》，細細咀嚼詩篇中溫柔之情的涵容、敦厚之情的持久，只感到一種酣暢而豐盈的怡悅。女詩人宅心和平，善於體貼，兼且胸襟寬廣，涵念他人，每在字裡行間流露出熱烈的生命感以及對人對物的關切之情。張香華說道：「這冊詩集，我不敢奢言愛，而只是情。有些是人，有些是物，所引發我的一份情懷。情之為物，小，可以憐花惜鳥；大，可以愛家國、關懷天下。……」也唯有女詩人如是易感的靈心、深厚的感情，才有內涵如是豐富的詩集。

二

龔自珍〈已亥雜詩〉之一：

浩蕩離愁白日斜，
吟鞭東指即天涯。

落紅不是無情物，
化作春泥更護花。

本詩借落紅以寄慨，尾句「化作春泥更護花」，是何等感人的大願；想必是作者具備人類崇高的品質，故意念幅射外延時，遂有了動人心弦、人人深省的佳篇。

張香華詩集《千般是情》，也有表達「心願」的篇章。如〈杯〉：

不要責備杯子吧！
為了滿足你酣歡的唇舌
它焦思苦慮
揑塑成今天這個造型
讓你把握玩摩
把茶香留住
教泉湧凝成一擎晶瑩的水柱
灌洗你酸楚的胃腸

這首簡短的詩，物我雙寫，情景相融，寄興託意幽約而深微。詩句雖不太秀麗，卻字字有根，脈絡貫通，畫出了犧牲自我、成全他人的心願，也勾出了悲天憫人的胸襟。

首句「不要責備杯子吧」，寓有「人心不足」的意思。人心雖小，卻比宇宙還大，而持着「杯」喝着「茶」的飲食男女，未必即感「心滿意足」，所以，主述者無限委婉地對着「貪得無厭」的人說：「不要責備杯子吧！」

第二、三、四句「為了滿足你酣歡的唇舌／它焦思苦慮／揑塑成今天這個造型」，杯子比喻為詩人，而為了填飽世俗男女的實際慾念，它竭盡了心思，且無怨無悔地揑塑成今天這個「盛裝茶水」的模樣了。頗能傳達詩人的曠世之度。

第五、六句「讓你把握玩摩／把茶香留住」，進一層地表達了崇高的品格。杯子固能「讓人玩摩」，也可以使人「把茶香留住」，原來，「揑塑」成「杯子」，主要在使人「留住茶香」哪！藉着一己的犧牲，給人留住了「香」味，自然呈露出仁者的懷抱。

最末兩句「教泉湧凝成一擎晶瑩的水柱／灌洗你酸楚的胃腸」，蘊含了多少情與愛，令人感動，令人神遠。

張香華的另一首詩〈罎〉：

從火裡走出來，我
你們看不見灰燼
廓然寰宇，是我吐納的煙囪
通向天廳，繚繞縹緲一縷
悠然似雲

所有聲音，迸發為火星
在熔融的窯裡燒煉
無邊無際的曠放，凝聚成形
罈，密封緘口

把泥土和水摻和且相忘
一千二百度的高溫彩繪我
縱然，太陽光譜千般璀璨
我，寧取一抹清麗的釉色

心中激盪過的歌，已靜臥罈底
風飄，火轉，雲流動，故事絕艷
罈，只默默呼喚：
從火裡走出來，我
終將走回火中

此詩言外的意思極豐，張力甚強。
起首兩行「從火裡走出來，我／你們看不見灰燼」，這是女詩人歷盡滄桑後心靈的投影。從火裡走出來的「罏」，象徵從「生活」裡「燒煉」出來的「人」，而看不見的「灰燼」，實是看不見的「苦痛」呀！這裡，詩人借罏以抒慨：自來人人讚歎「罏」之美，卻不見「燒煉」之「苦痛」。

第三、四、五行「廓然寰宇，是我吐納的煙囪／通向天廳，繚繞縹緲一縷／悠然似雲」，以形象語言，使得意象歷歷鮮明。女詩人的苦痛能傾訴給誰呢？只有把九迴之腸的委曲或心理疲勞所形成的惆悵憂鬱，化作似有若無的輕煙，就像天宇裡的「悠然的雲」。這「繚繞縹緲一縷」，顯得何等的空靈蘊藉。

第二段一、二、三、四行「所有聲音，迸發為火星／在熔融的窯裡燒煉／無邊無際的曠放，凝聚成形／罏，密封緘口」，主述者化聽覺形象「聲音」為視覺形象「火星」。此處，寫出女詩人在生活的窯裡「燒煉」時，所有的感情，都迸發為耀眼的「火星」了。四處飛濺的火星，也正勾畫了感情的美麗豐富，以及修身的景況。而詩人能以「無邊無際的曠放」，凝聚成「密封緘口」的「罏」，這種胸襟，如何不教我喝采！

第三段一、二、三、四行「把泥土和水摻和且相忘／一千二百度的高溫彩繪我／縱然，太陽光譜千般璀璨／我，寧取一抹清麗的釉色」，這「泥土」和「水」皆是一種暗喻，象徵着女詩人高潔的人品與磊落的性情。把「泥土」和「水」摻和，無非為了凝成「罏」，為了貢獻一己。這裡，「相忘」二字令人聯想到莊子：「不若相忘於江湖。」而詩句中的「相忘」，顯現了主述者的豪爽灑脫，永不會記得自己的付出。女詩人看萬事都像鴻毛，且深知「淡雅」之美，當被「一千二百度的高溫彩繪」「縱然太陽光譜千般璀璨」，卻「寧取一抹清麗的釉色」，證明了作者立身的坦蕩。

第四段一、二、三、四、五「心中激盪過的歌，已靜臥罏底／風飄，火轉，雲流動，故事絕艷

／罎，只默默呼喚：／從火裡走出來，我／終將走回火中」，詩意寫作者個人的理想或內在的激情，經過了漫長時間的歷程，都已沉澱於「罎底」了。最後在「風飄，火轉，雲流動，故事絕艷」裡，只默默地呼喚：「從火裡走出來，我／終將走回火中。」表現出了女詩人深深地關切現實的心態，也表現出「我不入地獄，誰入地獄」的心願。

讀了本詩後，心胸窄隘者應有愧色吧。

三

張香華《千般是情》集子裡的詩篇，大都不見雕琢痕跡，情感純粹，意象絢美。女詩人透視景物的工夫堪稱高妙，非但能凸顯情感之細膩的體會，也能製造溫婉的詩境。

《千般是情》集中諸詩作，或隱含同情，或暗藏憐憫，很容易喚起讀者的共鳴。我們看女詩人的〈籠子〉：

籠子裡的獅豹
都是缺乏語言的
除了來回踱步
餓時覓食
倦時倒臥睡眠
偶爾也嬉戲

或長嗥一聲
無非是悠悠午覺醒來
一個長長的呵欠和
懶腰

具見詩人心頭的哀憫。由於詩人有「遙體人情，懸想事勢，設身局中，潛心腔內，忖之度之，以揣以摩」的文學想像之故，所以能如此生動地描摹籠子裡獅豹之情景。另如〈留雨〉，有對人生澄明之觀照：

留不住雨滴了
三月初晴的玻璃窗扉上
清早，陣風吹乾她們
像傷心情懷，被
草草收拾

屋外的花朵
綻開過後，總是憂愁
該結怎樣的果子

枝頭跳躍、賣弄歌藝的
鳥，不會記得泥地裡的花瓣

河，抒情的流過來
把雨滴紛紛接住
把重得疊疊的花影
映在水流的心裡
然後，唱起歌來

安慰睡去的落花

以率真之筆，寫憐惜之情，優柔婉麗，韻味無窮。

是什麼使得女詩人「淚裡有鹹味，心中有情牽」呢？在張香華〈乍現的星〉一詩中可以尋獲

答案：

突然，有一句話輕輕搖醒你
在千百人聲喧嘩，耳語囁嚅後
眾多溪流，或深或淺呼吸語言之間
你的耳輪，只為了它才張開

風火雷電，不能令你回答
而一顆乍現的星，使你
從睡夢深沉的枕上
悠悠醒轉

此詩令人聯想到王國維在《人間詞話》中所舉古今成大事業大學者必經的三個境界：第一境「昨夜西風凋碧樹，獨上高樓，望盡天涯路」。第二境「衣帶漸寬終不悔，為伊消得人憔悴」。第三境「眾裡尋他千百度，驀然回首。那人卻在，燈火闌珊處」。張香華「乍現的星」含有「第三境」的意味。乍現之星，分明是詩人理想的投影與象徵。那顆星顯現於天際，勾挑起女詩人絕大的信心與毅力，所以她用生命的至誠去「憫人、悲天、憂時、傷國」，所以她心中有「愛」，詩中有「情」。

四

女詩人精曉各種詩藝，或疊字以摹神，或擬人以生趣，或比喻以使事物更加明顯生動，或雙關以藏巧，或倒裝以求變化，或創新以求出色。在詩集中，我們可以發現作者是善於融合「內容」跟「技巧」的。

疊字：疊字在詩中至為重要，多用一字相疊，具有強調功能，可以使語氣充沛，意義完備，又可以增加聲調的動聽，使詩篇中具有優美的音樂性。如李清照〈聲聲慢〉前三句：「尋尋覓覓，冷冷清清，淒淒慘慘戚戚。」又如崔顥的黃鶴樓詩：「昔人已乘黃鶴去，此地空留黃鶴樓，黃鶴一去不復返，白雲千載空悠悠。晴川歷歷漢陽樹，芳草萋萋鸚鵡洲，日暮鄉關何處是，煙波江上使人愁。」張香華在《千般是情》集子裡曾廣加運用「疊字法」，如輕輕、悠悠、匆匆、忙忙、裡裡、外外、長長、薄薄、厚厚、默默、個個、短短、點點、簇簇、進進、出出、砰砰、澎澎、偏偏、悄悄、草草、紛紛、嫩嫩、密密等，皆是運用疊字的修飾法，以造成詩的美境。

擬人：宇宙無知的萬物，都可以擬人。詩人總是把感情注入日月星辰、花卉蟲鳥，以製造無限溫馨的世界。如張泌的寄人詩：「多情只有春庭月，猶為離人照落花。」又如金聖歎的清明詩：「清明正是落花時，百舌聲中折一枝，惱煞東風太無賴，公然來我手中吹！」女詩人的擬人之句不少，如「為了滿足你酣歡的唇舌／它焦思苦慮／揑塑成今天這個造型」（〈杯〉）。如「屋外的花朵／綻開過後，總是憂愁／該結怎樣的果子」（〈留雨〉）；如「水，在壺裡／把蒼涼的身世，煎熬成／悲歌」（〈壺〉）；如「把泥土和水摻和且相忘／一千二百度的高溫彩繪我」（〈罎〉）；又如「日光和水，在葉片中遊走／嬉戲，且相互追逐」（〈鏡中幻象〉），皆是將大千世界有形的事物，寄以靈性，託為有情，與人站在對等同類的地位，以造成詩的境趣。

比喻：切至而精警的比喻，可使被比喻的本體倍加明顯靈動。如「婚姻是一種執拗的小脾氣／像你用慣的一管原子筆」（〈原子筆〉）；如「天空藍亮得／像擦拭過的玻璃」（〈銀鳥〉）；如「開花、結果、蒂落／像一張薄薄的書籤／被夾在一本厚厚的時間大書裡」（〈結果〉）；如「奪目的罌粟／展示恣縱與嬌媚／這些，像一場加速播映的ＭＴＶ」（〈庭園佈置〉）；如「留不住雨滴了／三月初晴的玻璃窗扉上／清早，陣風吹乾她們／像傷心情懷，被／草草收拾」（〈留雨〉）；又如「通向天廳，繚繞縹緲一縷／悠然似雲」（〈鑪〉）凡此都是「以其所知，喻其所不知，而使人知之」的比喻之善例。

雙關：以音義的雙關藏巧，一字兼攝二意。如樂府詩：「芙蓉凌霜榮，秋容故尚好。」以「芙」諧「夫」、以「蓉」諧「容」。張香華詩中的「晴朗」〈銀鳥〉，以「晴」諧「情」、以「朗」諧「郎」，令人讀來，別生一番趣味。

倒裝：故意顛倒字句的次序，以求去熟生新，增加語勢。如杜甫的名句：「香稻啄殘鸚鵡粒，碧梧棲老鳳凰枝。」女詩人也喜於運用倒裝手法，如「從火星走出來，我」（〈鑪〉）；如「突然，有一句話輕輕搖醒你／在千百人聲喧嘩，耳語囁嚅後」（〈乍現的星〉），皆是倒裝而成，別見情味。

至於在推陳出新上，張香華除了注意詩句之用字的創新外，也注意變換觀察事物的角度，以顯現異樣新鮮的體會，如「鑪」一詩，放棄自「作者」觀察事物之角度，而設身局中，自「鑪」的觀點來寫，造成了一種清新的境界與美感。

五

《千般是情》詩集中，尚有其他修辭手法，如對比法、聯想法、象徵法、借代法……等。警句佳例，隨手可拾。然集中表現「生命力」的詩作，才是女詩人詩創作的最高極致。

批閱鑑賞之餘，我們佩服張香華的淑世襟抱。我們希望她恆久保持溫柔之情、敦厚之情，亦殷切地期盼她能以更開闊的想像空間，來反映時代現實。

談非馬的三首詩

多年來，從詩刊報誌上讀到不少非馬的詩，常受其衝擊而為之低迴不已。久想收集非馬的着作，卻苦無機會。直到最近，蒙詩人遠從芝加哥惠寄《非馬詩選》、《非馬集》及《白馬集》三冊，喜出望外，經細讀玩味後，深深欽佩他在詩藝上的努力與成就。

非馬說：「一個字可以表達的，絕不用兩個字；前人或自己已使用過的意象，如無超越或新意，便竭力避免。」由這段話，可以察知他寫詩的態度是如何審慎，對詩之語言是如何嚴格要求鍛煉、精簡與創新。

他的詩多取材於現實，具有現代意識，同時又具備精確性與象徵性。非馬是一位研究科學的核工博士，卻醉心於現代詩，能夠掌握時代的脈搏，關切現實，秉持仁民愛物的「詩觀」，不斷地寫出富於哲理思想的小詩。

非馬本名馬為義，廣東人。一九三六年在台灣省台中市出生，同年全家返回廣東省潮陽縣鄉下。一九四八年再到台灣，就讀於台中光復國小六年級。在台北工專唸書時曾與同學創辦《晨曦》月刊，用「馬石」為筆名發表詩作與散文。畢業後曾在屏東糖廠工作。

一九六一年，非馬到美國去留學，次第取得機械碩士及核工博士學位。一九六七年，開始在台灣《笠》詩刊上發表詩作，並譯介英、美、法、意、波蘭、俄、澳、猶太、希臘、拉丁美洲等國現代詩人的作品。聽說他譯成中文的各國現代詩不下七、八百首。非馬着有中英對照的詩集《在風城》（笠詩刊社出版，一九七五年），《非馬詩選》（台灣商務印書館出版，一九八三年），《白馬集》（時報文化出版事業有限公司，一九八四年），《非馬集》（香港三聯書店出版。一九八四年），此外尚有英譯白萩的詩集《香頌》（一九七二年），《笠詩選》（一九七三年），和中譯《裴外的詩》（一九七八年）。

非馬現住芝加哥，任職美國阿岡國家研究所，從事核能發電研究工作。曾得台灣吳濁流新詩文學獎及笠詩社翻譯獎及創作獎。

非馬之所以飲譽詩壇，備受各方的重視，乃是因為他的詩充滿了魅力，耐讀又耐玩味。他一直遵循着自己的創作原則，不作假，更不作無病之呻吟。他對現實有深刻的觀察，在他敏銳的筆尖下，好詩源源而出。這些震撼人心的詩皆有鮮明的意象、飽滿的象徵、強韌的張力、透明的意義，以及準確而凝煉的語言。

非馬追求「新」，但反對標奇立異。他所極力追求的「新」，實是發掘事物之「新」的意義。

他用字平實，詩中少有冷僻的字眼和晦澀難懂的句子，往往能以最少最清晰的文字，深入淺出地表現事物之多重性意義。

他的詩多是知性的短章，社會性異常強烈，他善用反諷、對比與突變的手法，每在矛盾的語法中孕育深刻的意義，使人讀後心中驚詫，回味細想。

下面舉非馬發表於台灣《聯合文學》第十一期的詩〈一千零一夜〉，予以介紹賞析：

聽一個故事，殺一個
妻
殺一個妻，聽一個
故事
這樣的天方夜譚
幼小的我
竟深信不疑
人，總有長大的
時候

誦一段經，殺一批
異教徒
殺一批異教徒，誦
一段經
這樣的天方夜譚
現在的我
才深信不疑

人，總有長大的
時候

此詩，作者把幼小時聽到的殺人故事與長大後聞見的殺戮事件作一對照，顯示現實的醜惡。所謂「聽一個故事，殺一個妻」實是「一千零一夜」的故事而已，作者幼小時，竟然深信不疑，「人，總有長大的時候」，長大後，當然不再相信捏造的故事了。問題是，詩人現在卻深信世上真有「殺一批異教徒，誦一段經」的事情，因此他說「這樣的天方夜譚／現在的我／才深信不疑」因為「人，總有長大的時候」，顯然主述者已閱歷世事，並且人生經驗豐富，對於「殺一批異教徒，誦一段經」這類事，已是司空見慣，不足為怪了。而今，詩人當然深信有「這樣的天方夜譚」。

此詩，以對比的手法，造成詩的張力，也造成反諷的效果。

殺人的事情，以「幼小的我」「竟深信不疑」和「現在的我」「才深信不疑」相比，令人驚詫，同時感到極大的悲哀。歷來宗教戰爭不斷，日日夜夜發生在世界上的各個角落，死人無數，能不令人感到悲哀？而二十世紀科學時代，尚有這種「愚行」，該是多麼大的諷刺！

首段主述者傳達了自己年幼時的天真無知，「竟」會深信「這樣的天方夜譚」，第二段則顯示年歲增長後的閱歷，「才」會深信「這樣的天方夜譚」。在此，「竟」和「才」都是凝煉準確的字眼。

這首詩，前後兩句「人，總有長大的時候」，具有不同的意義。第一句表示出詩人否定了他所「深信」的；相反地，第兩句則表示出詩人更加肯定自己所「深信」的。

這是一首充滿了詩趣的詩。全詩使用精鍊的口語，表達由淺入深。用輕淡的筆調，把現實世界尖銳地反映了出來。值得細品。

再看他的另一首詩〈咳！白忙〉：

柳樹
彎腰忙了半天
才把池塘
擦拭得晶瑩奪目

一群泥腳的野鴨子
便大搖大擺
聒聒走來

這首詩寫於一九八二年，收入《非馬集》。作者用「柳樹／彎腰忙了半天／才把池塘／擦拭得晶瑩奪目」，這一連串的動作，把柳樹擬人化。

第一段，是「景」與「象」的傳達，其主題動作是「柳樹彎腰」「擦拭池塘」，暗示出水面本來並不晶瑩奪目，而且表示出對「潔淨」的渴望之情，以及努力求之的態度。在這裡「風」是看不見的，卻可以感到，正如詩中主述者的心情之可以感到一樣。「風」也暗喻詩人積極的思想，故

「柳樹」會有「彎腰忙了半天」這種實際的舉動。

「池塘」終於「擦拭得晶瑩奪目」了，可是「一群泥腳的野鴨子／便大搖大擺／聒聒走來」，出人意料，卻充滿了詩趣。

第二段提昇了詩的境界，同時點出主題。「泥腳的野鴨子」一旦落水，那豈不是前功盡廢了嗎？對聯想力豐富的讀者來說，許會立時想到現實生活中諸種相同的遭遇。「大搖大擺」「聒聒走來」的意象動作，也可象徵一般破壞者可憎可厭的形態，而野鴨子的「泥腳」，則象徵着他們的「骯髒」，意味着他們所到之處皆遭其「污染」。我們都經驗過奮鬥之後，卻有出人意料之外的失敗境遇，所以「泥腳的野鴨子」也可象徵人生不測的「命運」。

這首詩，富有多重意義和象徵，詩人的思想情懷，藉「景」精簡扼要地表達了出來。宋人張炎在《詞源》」中云：「情景交鍊，得言外意」，此詩已達到這種境界。

再看非馬另一首也是寫於一九八二年，收入《白馬集》的〈龍〉：

沒有人見過
真的龍顏
即使
恕卿無罪
抬起頭來
但在高聳的屋脊

人們塑造龍的形象
繪聲繪影
連幾根鬍鬚
都不放過

開頭第一段，敘述傳說中的「龍」，根本沒有人真正「親眼目睹」。第二段則描述人的荒謬、虛假。

首段第二行的「龍顏」，至少有兩層意思：一、指的是傳說中的龍之形貌；二、指的是高高在上的帝王之「尊容」。為什麼說「真的龍顏」「沒有人見過」呢？作為中國人，無不耳聞過「龍的故事」，但走遍大江南北，踏遍千山萬水，甚至跑遍整個地球，誰見過「龍」來着？而「即使／恕卿無罪／抬起頭來」跪在底下的人，倘若敢於舉頭上望，也見不到帝王真正的面目。古往今來，許多為人君主者，皆有深沉的城府，所謂「天威難測」，嘴角閃現的微笑，未必代表帝王心中的歡喜。聰明如韓信者，何曾見過劉邦「真的龍顏」？故詩人說「沒有人見過／真的龍顏」。

「恕卿無罪／抬起頭來」，是君王的口氣，讓人聯想到帝制的古國，以及許多殘酷君王的故事。同時讓人聯想到現代專制者，及奴隸社會。

第二段，講人在高聳的屋脊，繪聲繪影地塑造「龍」的情景。常常可以看到國人的建築物，有「龍」張牙舞爪地塑造在屋脊，而且塑工精細：怒眼、裂齜，連「鬍鬚」「都不放過」。其實，塑造者從來不曾見過「龍」，他們根據什麼來塑造龍的形象呢？其行為之荒謬，是顯而易見的。「高聳的屋脊」是「明顯的地方」，故，在該處塑造龍的形象，益見荒謬。

或者此處我們可以把「龍」當作中國的象徵。在海外有不少對中國一無所知，卻為了趕時髦或達到某種目的，而在大庭廣眾間「繪聲繪影」談論中國的人。這首詩也許能使我們更看清他們的面目吧！

綜觀非馬的詩，不但「惜墨如金」，而且幾乎每篇都能精警地展現主題，打動讀者，發生共鳴，他對現代詩藝的努力與追求，實在值得習詩者效法。

試論向明的〈上帝戰士〉

最近細讀向明的〈上帝戰士〉，深為他想像真切，對人類熱愛所感動。全詩如下：

上帝戰士

——報載，伊朗徵兵年齡已降至十二歲，並稱此輩幼兵為上帝戰士。

我是剛吃完十二歲生日餅的阿里
我是十二歲半的莫罕默德
我是差三天才十三歲的司勒衛
我是十三歲出頭的阿貝葉
現在我們都把名字還給了媽媽
讓媽媽去偷彈淚珠
現在我們把媽媽給我的身體交給真主
媽媽一邊痛心還俯地合什
現在我們換了一個新的名字

上帝戰士
他們說我們是去參加一場聖戰
聖戰是什麼？我們不知道
好像不是同學們玩的那種角力
媽媽說不要怕
她用顫抖的手為我繫上
「立刻進入天堂」的鎖片
天堂像什麼？我們也不知道
好像不如我們這個破爛的家
不然，媽媽說完怎麼就暈了過去
有人在我頭上繫上一條白布
上面印着「殉道者」三個大字
殉的是什麼道呀？我們更不知道
我們才剛滿十二歲
十二歲的道好像應該是
在課堂唸書
在樹林抓鳥
在曠野編星星的故事

我們走在黃沙蔽天的國境上
前面是砲聲隆隆
後面是戰車轟轟
我們是一群雀鳥飛在其中
他們真好
不要我們扛槍，拖砲
祇要我們一直的向前疾走，奔跑
然後，然後在——
地雷開花的剎那
還來不及喊一聲媽媽的剎那
我們一個個把世界也不要了
祇讓滿身淌血的傷口去問
上帝！難道你
沒有媽媽嗎？

這是一首足堪細品的詩。雖有諷刺性，但合乎溫柔敦厚之旨。無疑的，這首詩乃在抗議權力統治者瘋狂的罪行，——假藉愛國主義，而把一批一批天真無邪的兒童，送往戰場做前鋒，卻美其名曰：上帝戰士。

向明此詩字裡行間雖有抗議，卻沒有憤怒的喧囂。作者以「諷嘲」的技巧，以充當砲灰的伊朗兒童之敘事觀點，顯示戰爭的醜惡面貌，同時強化了戰爭的慘酷和荒唐。作者在詩中流露的悲憫之情，很令人感動。

詩分三段，第一段描述伊朗無知的幼年兵「獻身」給「真主」，渾然不覺大禍即將臨頭，也不能體會媽媽暗自飲泣的心境。第二段寫伊朗兒童應徵前往參戰時，智慧未開，懵懂不解什麼是聖戰，什麼是殉道者，孩子們心中疑惑：依我們的年齡，好像應該是留在課室裡好好地唸書呀。第三段描摹這些孩子們置身在地雷遍布的戰場上，兀自以為何梅尼政權真好；不要我們扛槍，拖砲，只要我們疾走，奔跑。把孩子們的天真，暴政者殘酷的手段，完整的表現了出來。

首段點出「黷武者」編造了一套美麗的說詞，目的在徵調十二、三歲的孩童，擬把他們驅往硝煙瀰漫的前線做砲灰，此處不但暗示幼年兵的嬌嫩，也明白指出媽媽心頭雖是痛苦的，卻一籌莫展。詩人以「現在我們都把名字還給了媽媽」，「現在我們把媽媽給我們的身體交給真主」與「媽媽一邊痛心俯地合什」互相映照，簡單地勾劃出一幅感人的畫面。

孩子們為什麼要把名字還給媽媽呢？為什麼要換上一個新的名字「上帝戰士」呢？這是值得讀者細想的。

孩子們的媽媽心中焦慮、絕望，常常「偷彈淚珠」。當然，她們根本沒有推翻暴政的能力。作為母親的，只能淤積着「哀愁」，暗中流淚，只能俯地合什，默默祈禱上蒼賜福消災，庇佑可憐的孩子們。

只是幼年兵，對「參戰」彷彿有着驚喜，現在我們換了一個新的名字：上帝戰士。孩子們是到戰場去遊戲娛樂嗎？充份地把他們的「天真」襯托了出來。

第二段指出孩子是去參加一場所謂的「聖戰」，而不是去遊戲——去玩同學們玩的那種角力。「媽媽說不要怕」，其實，媽媽早已嚇得魂飛魄散，所以「用顫抖的手為我繫上『立刻進入天堂』的鎖片」，「就暈了過去」。

媽媽為什麼暈倒了呢？

至此，這些上帝的戰士似乎感到有點不對了，「聖戰是什麼？我們不知道」，「立刻進入天堂，天堂像什麼？我們也不知道」，心中微微覺察「天堂，好像不如我們這個破爛的家」。

有人在幼年兵的頭上繫上「殉道者」的布條，然則「殉的是什麼道呀，我們更不知道」。孩子們已有所悟：十二歲的道應該是在課堂唸書、在樹林抓鳥、在曠野編星星的故事呀。

誰也料想不到，「聖戰」與「小孩子」會扯得上關係。然而，權力統治者卻硬着心腸，逼迫伊朗稚弱的兒童參戰，要他們為所謂的「聖戰」而「淌血」。「聖戰是什麼？我們不知道」，「殉的是什麼道呀？我們更不知道」，正表示了這些兒童只是政治的犧牲品。在此，「聖戰」與「殉道」都成了諷刺。

第三段有戲劇性的「高潮」。在漫天風沙的國境上，「前面是砲聲隆隆，後面是戰車轟轟」，至此，孩子們才真正瞭解「聖戰」是怎麼一回事。因此一個個彷如受驚的雀鳥，在戰場上四散飛竄。「我們是一群雀鳥驚飛在其中」，暗示了幼年兵方才知道生命難保，徹底明白「立刻進入天堂」，即是「立刻死亡」的意思。孩子們都愛惜自己的生命，沒有人願意「立刻進入天堂」，所以他們只得拚命地「驚飛」了。

事實上，孩子們誰也飛不出死亡的魔掌。最後，只能以淌血的傷口向上帝發問：上帝！難道你沒有媽媽嗎？

這是永遠沒有答案的質詢。

「上帝戰士」全詩，的確成功地表現出戰爭的殘酷和荒唐。作者悲憫的情緒，瀰漫全篇。

在這世界，許多角落仍不安靜，醜惡的戰事日有所聞。伊朗與伊拉克這兩個盛產石油的國家，邊界相連，利益衝突，所以戰火十分熾烈。而且雙方面皆宣稱奉了上帝的旨意，必須消滅對方，於是互相轟炸平民的住宅區，大人死得差不多了，便徵調兒童參戰，演變成一場「發洩意氣」的戰爭。「上帝戰士」雖是為兩伊戰爭所寫的「悲歌」，卻使我們想到這人間沒有淨土，想到每個人的命運，也想到未來一代。

還鄉的狂喜——試論洛夫的〈車上讀杜甫〉

名詩人洛夫，睽違他家鄉的親人，該有四十餘年了吧。他多麼希望能夠早日還鄉。一九八六年，詩人寫下了〈車上讀杜甫〉這首詩，令讀詩的心靈，為之震慄，為之感喟。

公元七六三年正月，安祿山、史思明之禍亂已接近尾聲，許多失地也相繼收復，當時，杜甫流離在四川省的劍閣之外，聽到捷音——唐朝政府的軍隊已收復了河南省洛陽市附近一帶的地區和河北省的北部，不覺喜躍，如癡如狂，一會兒哭，一會兒笑，而揮毫寫就他生平的第一首快詩〈聞官軍收河南河北〉：

劍外忽傳收薊北，初聞涕淚滿衣裳。
卻看妻子愁何在，漫卷詩書喜欲狂。
白日放歌須縱酒，青春作伴好還鄉。
即從巴峽穿巫峽，便下襄陽向洛陽。

此詩，浦起龍說是「八句詩其疾如飛」，又說：「是杜甫生平第一首快詩」。（《讀杜心解》

卷四）

杜甫此詩還鄉的「狂喜」，表現得非常深刻。彼時的杜甫與今日的洛夫心境相近。不同的是，杜甫意欲還鄉安居，洛夫只想回鄉探親。因故洛夫特意選出了杜甫的〈聞官軍收河南河北〉，加以描述，加以引申：

劍外忽傳收薊北

搖搖晃晃中
車過長安西路乍見
塵煙四竄猶如安祿山敗軍之
倉皇
當年玄宗自蜀返京的途中
偶然回首
竟自不免為馬嵬坡下
被風吹起的一條綢巾而惻惻
無言
而今驟聞捷訊想必你也有了
歸意
我能搭你的便船還鄉嗎？

第一行「搖搖晃晃中」，乃是動態的演示。描摹情狀，訴諸視覺，讓讀者也像坐在顛簸的車上。二、三、四行「車過長安西路乍見／塵煙四竄猶如安祿山敗軍之／倉皇」，從「長安西路」這個街名，及「塵煙四竄」這個實景，聯想到「安史之亂」，以安祿山敗軍之倉皇比塵煙四竄，這一比擬，十分靈動，並且予人聯想上的美感。

在此，詩中很含蓄的透露出詩人對「亂黨」所持的看法，認為：「亂黨」使人愁怨填胸，必將敗亡。

三、四行也暗示出禍亂逐漸平息，不久後，遊子就可以興高彩烈地「還鄉」了。還鄉，這是飽嘗戰亂痛苦之流離難民的共同「夢想」。

第五、六、七、八、九行「當年玄宗自蜀返京的途中／偶然回首／竟自不免為馬嵬坡下／被風吹起的一條綢巾而惻惻／無言」。當年「捷訊」傳來，皇帝李隆基（玄宗）束裝上路，自蜀返京的途中，在他賜死「三千寵愛在一身」之楊玉環的馬嵬坡下，偶見被風吹起的一條綢巾，由此勾起無限的心事，想起了「霓裳羽衣曲」，「雲鬢花顏金步搖」，也想起當年的「芙蓉帳暖度春宵」、「春宵苦短日高起」……。此地，綢巾當是怨恨的化身，玄宗怨恨美好的時光不再，楊貴妃怨恨戰亂憂愁磨人。

這一條綢巾，是玄宗腦海中想像出來的綢巾，也是勒死楊貴妃的綢巾。因而玄宗惻惻、無言，不盡的思念、悵惘、憂鬱和哀愁，都在「無言」之中。令人低迴不已。

這裡，「玄宗」是「遊子」的象徵，「綢巾」是「戰亂」的象徵，「楊貴妃」則象徵着「難以割捨的親情」。如果沒有戰亂，也就沒有千千萬萬逃亡的遊子，當然更無「妻離子散」的淒慘場面，以及睽違的歲月了。

接下來第十、十一、十二行「而今驟聞捷訊想必你也有了／歸意／我能搭你的便船還鄉嗎？」，在此，「你也有了」「歸意」的「也」字，用得十分高明，技巧也點出了作者及千萬同胞亟思返鄉的心境。

最後一行，與現實緊密地貼合，詩人問「我能搭你的便船還鄉嗎？」從想像的高峰拉回現實，又一次點出作者及羈旅他鄉的遊子急於還鄉的意識。而作者這一問，暗示出他並不富裕，未能「衣錦還鄉」。還鄉，那是需要大筆金錢的；除了川資以外，鄰人親友的「見面禮」又如何能免呢？因此，清寒的詩人才有這「一問」。

初聞涕淚滿衣裳

積聚多年的淚
終於氾濫而濕透了整部歷史
舉起破袖拭去滿臉的縱橫
繼之一聲長歎
驚得四壁的灰塵紛紛而落
隨手收起案上未完成的詩稿
音律不協意象欠工等等問題
待酒熱之後再細細推敲

憂國憂民的杜甫，在梓州聽到了官軍收復叛賊的根據地「薊北」，頓時手舞足蹈，喜極反淚。第一、二行「積聚多年的淚／終於氾濫而濕透了整部歷史」。丈夫有淚不輕彈，但詩人忽然間聽到大好消息，卻禁不住，讓長年積聚於心中的「悲苦」氾濫起來，並「濕透了整部歷史」。這裡，強烈的暗示出，詩人涕淚的，不止是他那「烽火連三月」的時代。

詩人有天賦的至情，與寬大的悲憫懷抱，他「悲憫」人類的癡愚，也「悲憫」世人常為「名利蒙心」，而用殷紅的血寫成整部歷史。

三、四、五行，表現出杜甫家境窮困，一生潦倒；洛夫寫他用「破袖」拭去滿臉的縱橫，極為貼切。

這「破袖」也傳達出詩人清高的形象。讀書人多有不為「五斗米」折腰的傲骨；不諳奉承不善阿諛的詩人——床頭屋漏，布衾冰冷，而無「朱門」的良田千畝，家財萬貫，所以杜甫只得用「破袖」「拭去滿臉的縱橫」了。這是寫杜甫，也是詩人的自況。

接下來，詩人導情入物，將四壁加以擬人化，讓四壁因聽到了一聲「長歎」而「驚得」灰塵紛紛而落，可知，詩人的一聲「長歎」是何等的令人心悸。一聲「長歎」，把詩人的辛酸，以及憂時感世的焦灼之心完整的呈現在讀者的眼前。手法精妙，令人激賞。

六、七、八行「隨手收起案上未完成的詩稿／音律不協意象欠工等等問題／待酒熱之後再細細推敲」，杜甫在外飄流，以詩書消遣過日，今好消息一傳到耳，便想放下一切，先痛快地喝酒唱歌，至於「未完成的詩稿」，「音律」與「意象」等等問題，「待酒熱之後再細細推敲吧」。顯示詩人的創作，極為嚴謹。

這裡，也透露出窮苦的詩人寫詩非易，在困難的環境裡，未能專心的寫詩，惟有酒酣耳熱之後，始能暫時忘卻現實的煩惱，無拘無束地寫詩。此外，詩人在困境中，內心積聚了許多一己對時代之傷悲，及對流離黎民之同情，也只有藉「酒熱」，始能豪情而毫無顧忌地「吐露」出來。

卻看妻子愁何在

八年離亂
燈下夫妻愁對這該是
最後一次了
愁消息來得突然惟恐不確
愁一生太長而今又嫌太短
愁歲月茫茫明日天涯何處
愁歸鄉的盤纏一時無着
此時卻見妻的笑意如爐火
窗外正在下雪

為因禍亂未息，詩人歸家不得。第一、二、三行，寫八年來，夫妻倆徹夜不眠，而在昏燈之下愁眼相對，已不知多少次。「這該是最後一次了」，詩人暗示他就要整裝回家，今後夫妻倆不必在燈下苦苦地思鄉了。並暗示，他衷心希望：從此世界太平。這是洛夫的理想，也是所有人的憧憬。

每次戰亂一起，都不知「造成」了多少破碎的家庭，多少孤兒寡婦，以及多少流離的難民？

第四行「愁消息來得突然惟恐不確」，表現出患得患失的心情。

第五行「愁一生太長而今又嫌太短」，道出「四壁蕭然」，過往的日子異常困苦，令人覺得一生太過漫長，而今又要收拾行裝，回歸洛陽去過安樂的日子，反覺一生太過短了。

第六行「愁歲月茫茫明日天涯何處」，詩人憂慮今後生活無靠，又得出門去過漂泊的日子。

第七行「愁歸鄉的盤纏一時無着」，詩人心急如焚，憂慮他而今兩袖清風，沒有回歸洛陽的川資。思前想後，一句一層，洛夫寫得很細微，並深刻地表達了杜甫當時複雜的情懷，十分成功。

最後二行，不着痕跡的轉折。「此時卻見妻的笑意如爐火／窗外正在下雪」，詩人滿腹辛酸，一抬頭，卻見他老伴笑意如爐火，以實喻虛，化靜為動，富有明亮的色彩，構成了活生生的場景。

「笑意如爐火」，表達出溫暖的親情，比喻新鮮，韻味無窮。「窗外正在下雪」，冷冷的人世間，這「笑意如爐火」，倍加令詩人覺得溫慰。

「笑意如爐火」，給詩人製造了一個溫馨的世界，而詩人也能感受到「爐」裡的「炭」——正在熊熊地燃燒。這炭，是詩人之妻心中的深情，抑或悲苦？深情之炭，一生一世燒用不盡；悲苦之炭，卻燒「化」得越快，臉上的笑意越濃。

「笑意如爐火」，並暗含「爐火純青」的意味。詩人之妻「功力深厚」，內心痛苦，臉上卻泛滿了歡愉。

漫卷詩書喜欲狂

車子驟然在和平東路剎住
顛簸中竟發現滿車皆是
中唐年間衣冠
耳際響起一陣窸窣之聲
只見後座一位儒者正在
匆匆收拾行囊
書籍詩稿舊衫撒了一地
七分狂喜，三分欷歔
有時仰首凝神，有時低眉沉吟
劫後的心是火，也是灰

這裡，和平東路是街名，而車子驟然在「和平東路」剎住，意謂作者驟然發現：戰亂已成過去，眼前是「和平」的日子，是日出「東」方、光明「路」途——「東路」。點出了詩人厭惡戰亂的心態，並暗示，他渴望人類的快車在這「和平東路」剎住，沒有戰爭，沒有黑暗。

二、三行，詩人日思夜想的是故園，因此，詩人移情，「竟發現滿車皆是」「中唐年間衣冠」了。此地，也暗示出安史之亂平息後，急於還鄉的遊子為數不少。但也反映出「時代在變」，詩人幻見的「中唐年間衣冠」，其實，「滿車皆是」「洋裝洋服」。隱隱透露出詩人對同胞日漸西化的慨歎。

四、五、六、七行「耳際響起一陣窸窣之聲／只見後座一位儒者正在／匆匆收拾行囊／書籍詩稿舊衫撒了一地」，詩人亟思返鄉探親，是故，耳中所聞，眼中所見，無不是急於歸鄉的人。此際，詩人的五官特別靈敏，連後座「響起一陣窸窣之聲」也聽到了，顯然，詩人又移情把後座的人看成「一位儒者」。

「匆匆收拾行囊」是急於回家，「書籍詩稿舊衫撒了一地」是越急越亂的情景。這裡，詩人不但將後座的人看成儒者（身無長物，只有書籍詩稿與舊衫罷了），看成老杜，也看成了他自己。

傅庚生謂「情深則往往因無端之事，作有關之想。「情之愈癡，愈遠於理。」」是指「要使世人瞻晚節，出山故在九秋時」、「寧可枝頭抱香花，何曾吹墮北風中」（〈寫菊〉）這類的詩。在此，洛夫也用了「情感改造事物」的手法，讀來格外有味。

八行，「七分狂喜」是指馬上就要回去，回去尋找童年的足跡與遍遊故國的山河……所以「狂喜」；「三分欷歔」，當是慨歎：兵荒馬亂太久，睽違的歲月太長，青春的消逝太快，故詩人在「七分狂喜」中也有「三分欷歔」。

九行，「有時仰首凝神，有時低眉沉吟」，更進一層透露出憂喜參半的情懷。道出了人世的滄桑轉變，中間有多少感慨。也藉着「儒者」的動作，傳達出詩人而今正在全心全意——為探親這件事而細加盤算。

十行，「劫後的心是火，也是灰」，詩人介紹了他心裡的「熱情、衝動、希望」給讀者，將之比成「火」，非常生動，可以使人產生共鳴。「劫後」的「灰」暗喻「落寞、頹喪、失望」。也許詩人已預先見到了故鄉的「物是人非」，也見到了「城春草木深」，其結果是「心灰」。此外，「劫後的心是火，也是灰」，含有「死灰復燃」的意味，作者飄流在外將近四十年，原覺今生已無望回歸，乍聞「喜訊」，心中驟然有了「死灰復燃」的希望。

這裡，心中是「火」，也是「灰」，詩人以下句翻疊上句，用「灰」來翻「火」，矛盾中見趣味。正是蘇東坡所謂的「詩以奇趣為宗，反常合道為趣」。

古詩中也常見下句翻上句的例子，如雍陶的〈峽中行〉：「兩崖開盡水迴環，一葉才通石峽間。楚客莫言山勢險，世人心更險於山。」末句說人心比峽中的水石還要險惡，翻疊第三句。這種手法，使原意再翻上一層。

白日放歌須縱酒

就讓我醉死一次吧
再多的醒
無非是顛沛
無非是泥濘中的淺一腳深一腳
再多的詩
無非是血痞
無非是傷痕中的青一塊紫一塊

「就讓我醉死一次吧」，第一行，語出驚人。為何要醉死一次呢？二、三、四、五、六、七行，詩人做了闡釋：

「再多的醒／無非是顛沛／無非是泥濘中的淺一腳深一腳」。杜甫四十四歲那年，碰上了安祿山造反，逃難到陝西、四川一帶，有時靠挖賣藥草為生。最後離開四川，在湖北、湖南等地飄流，一直到死為止，都過着難以銷憂的日子。這裡，洛夫寫杜甫越清醒越「痛苦」，清醒的時候，會想起「國破山河在」，會想起許許多多跟他一樣的流寓之身，會想起故園的親人，也會想起一貧如洗，日子難過；每天都像是在那「蜀道」之上顛沛，而雙腳也好像是踏在泥濘之中，步步困難，卻不得不「前行」。

可知，詩人曾藉「酒」來消除憂愁的壓力，減輕痛苦。

不過，詩人絕非現實的逃避者，杜甫關愛家國與人類，並且着眼於高處遠處，故現實的痛苦，不足影響他用血淚凝聚成詩，來表達心裡的「憂國傷時」。

杜詩流傳千古，也流傳了他光輝的人格。

五、六、七行「再多的詩／無非是血痞／無非是傷痕中的青一塊紫一塊」。杜甫「上憫國難，下痛民窮」！天寶年間，安祿山的「漁陽鼙鼓動地來」，驚破了宮闕之中的「霓裳羽衣曲」。往後戰爭頻仍，無休止的紛亂，使唐朝步向覆亡的悲運，杜甫目睹：「萬國盡征戍，烽火被岡巒。積屍草木腥，流血川原丹。」於是提筆作詩於顛沛流離之中，為時代寫下了真實的詩之見證。這見證，就是所謂的「血痞」及「傷痕中的青一塊紫一塊」。

在此，也隱隱暗示出詩人熱血澎湃，因憂而歎。一歎身為寒士，雖有悲憫之心，卻無千萬間廣廈以庇黎民；二歎他空有國家民族之愛，卻無能挽救垂危的社稷；三歎他厭惡好大喜功，窮兵黷武，任意挑起的戰爭，卻無能止暴亂而求取和平。所以說：再多的詩，無非是血痞，無非是傷痕中的青一塊紫一塊。

最後一行「酒，是載我回家唯一的路」，至少，有下面幾層意思：一、詩人短少川資；二、詩人有強烈的思鄉之念；三、在泥飲之後，詩人可以憑着想像力，飛回故鄉。這種癡語，天真中見「沉哀」，頗能撼動人心。

青春作伴好還鄉

山一程水一程
擁着陽光擁着花
擁着天空擁着鳥
擁着春天和酒嗝上路
雨一程雪一程
擁着河水擁着船
擁着小路擁着車
擁着近鄉的怯意上路

還鄉是喜事。這裡，作者以快速鏡頭跳接的手法來造成喜劇性。一般來說，快速動作或快速鏡頭（景物映像快速地移動），都能造成「喜劇效果」，例如杜甫的「聞官車收河南河北」，「八句詩其疾如飛」（讀杜心解卷四），浦起龍已指出了此詩的特色。顯然，洛夫也善用快速鏡頭。

第一行至第八行，景象「其疾如飛」，成功地表現出詩人因還鄉而喜極的心境。

一、二、三、四行「山一程水一程／擁着陽光擁着花／擁着天空擁着鳥／擁着春天和酒嗝上路」。此處，「山一程水一程」，表示路遠的意思，表示詩人千里迢迢地還鄉——不忘本的意思。這裡，「擁」字用得很好，許會令人聯想到「擁」着「心愛的人兒」；雖然作者擁着並非他的愛人，但詩人的「景物」卻跟他「愛人」別無二致；陽光裡嬌豔的鮮花，天空裡自在的飛鳥，還有春天和酒嗝，暗示世界如此美妙，詩人有些醉了。

由於詩人內心喜樂，眼中所見，全是美好的景物。

五、六、七、八行「雨一程雪一程／擁着河水擁着船／擁着小路擁着車／擁着近鄉的怯意上路」。詩人內心一會兒下雨，一會兒下雪，表示出他和許多同胞要回去看看久別的家鄉，可能許多親友已經分散，高堂父母已不在人世，只能到故園獨自去憑弔一番，所以心中又下雨又下雪。

六、七、八行，暗示出詩人異常心急，沿路所見皆是回歸故里的交通工具：船在河上，車在小路之上。詩人現在最愛的是這些能夠載他回家的交通工具，所以說「擁着河水擁着船」、「擁着小路擁着車」。

最後一行「擁着近鄉的怯意上路」，這是作者回大陸探親，多少帶有一點長期阻隔後的情緒反應。倘使不是隔絕了數十年，倘使來去自如，就沒有這種「反應」了。

詩人還未歸去，卻先寫下了許多設想與情緒反應，能使淺者見淺，深者見深。

即從巴峽穿巫峽

車子已開出成都路
猶聞浣花草堂的吟哦一絕
再過去的白帝城，是兩岸的
猿嘯
從巴峽而巫峽心事如急流的
水勢
一半在江上
另一半早已到了洛陽
當年拉縴入川是何等慌亂悽惶
於今閒坐船頭讀着峭壁上的
夕陽

第一行「車子已開出成都路」，語帶雙關，表示車子已開出台北的成都路，並表示，車子已離開四川成都。「雙關」詩句乃是因為字形、字音、字義的相類似，通過聯想而得。古詩「何悟不成匹」，雙關「布匹」與「匹偶」。相傳，金聖歎臨刑前留有對句：「蓮子心中苦」「梨兒腹內酸」，其中「蓮子」雙關着「憐子」，「梨兒」雙關着「離兒」，具有兩層意義。第二行「猶聞浣花草堂的吟哦一絕」，車子越走越遠了，仍然聽得見成都杜甫的草堂裡朗朗吟詩的聲音；詩人反映出內心不忘浣花溪畔那位千古不朽的儒者的風範，也隱隱顯出他極為欣賞杜甫寫作技巧的高明。

第三、四行「再過去的白帝城，是兩岸的／猿嘯」。當年，安祿山造反之後，李白曾參加李璘的抗敵軍，後因李璘和他哥哥李亨（肅宗）爭奪帝位失敗，李白也被放逐；本來要去貴州，半路上受到赦免，重回安徽。李白寫了一首詩「早發白帝城」：「朝辭白帝彩雲間，千里江陵一日還。兩岸猿聲啼不住，輕舟已過萬重山。」這裡，作者提到了四川的「白帝城」，及「兩岸的猿嘯」，暗示彼時的李白與今日的洛夫有着「回鄉」之相同的心境。

五、六行，寫詩人從四川沿長江東下，「心事如急流的水勢」，化抽象為具體，令讀者去親身經歷詩中逼真的世界，從而呈現詩人是如何的「急」於還鄉。接下去「一半在江上／另一半早已到了洛陽」，寫杜甫當年意欲回歸「魂牽夢迴」的故園，人未到，一顆心卻已飛回「洛陽」了。刻畫出詩人亟思故土的情懷。

最後三行「當年拉縴入川是何等慌亂悽惶／於今閒坐船頭讀着峭壁上的／夕陽」，對比強烈，「拉縴入川」，也可解為「建國困難」；閒坐船頭讀着峭壁上的夕陽，有幾層意思：一、悠閒地欣賞故國山河之壯美；二、詩人一己形象之象徵，有多少自許，也有多少「夕陽無限好，只是近黃昏」的哀傷；三、看到了唐朝政府步向敗亡之悲運，因而聯想到今日「泱泱大國」的時局。

語密意遠。其手法十分精彩。

便下襄陽向洛陽
入蜀，出川
由春望的長安
一路跋涉到秋興的夔州
現在你終於又回到滿城牡丹的
洛陽
而我卻半途在杭州南路下車
一頭撞進了迷漫的紅塵
極目不見何處是煙雨西湖
何處是我的江南水鄉

一至五行，寫時間也寫空間。杜甫——從逃亡到回歸，從寫〈春望〉詩篇的長安到寫〈秋興〉詩篇的夔州，其間不知遭逢多少現實的坎坷；杜甫也如顏回的簞食瓢飲，而流離痛苦則遠勝顏回，所以洛夫用「跋涉」二字，暗含詩人每天在「草中行、水中走」的意思。雖然杜甫日子艱辛，卻滿心的希望和愛。由〈春望〉及〈秋興〉詩中，可以見出杜甫的襟期抱負和儒家的思想。

作者「愛護」偉大的詩人杜甫，說他「又回到滿城牡丹的／洛陽」，是指杜甫當年回歸洛陽了，也是指杜甫越過了千山萬水，如今已住在美好的世界裡，暗示詩人的「實至名歸」，永垂不朽。

六、七、八、九行「而我卻半途在杭州南路下車／一頭撞進了迷漫的紅塵／極目不見何處是煙雨西湖／何處是我的江南水鄉」。由於種種說不出的原因，詩人在半途「下車」了，歸鄉之念似乎要取消了。在「紅塵裡」，見不到杭州的「煙雨西湖」，表達出故國已是「面目全非」，以美麗景物之消失，暗示親友分散，高堂之不在人世。而「何處是我的江南水鄉」，感慨更多：哪裡有豐足的食糧？哪裡有閒適而自由的世界？哪裡有雞犬相聞無所爭持的境地？……

此詩，洛夫以「車上讀杜甫」為題，緣因他描述與引申了杜甫的「聞官車收河南河北」；緣因他崇仰杜甫「民胞物與」的仁者懷抱，以及杜甫的「眼界宏遠」，「情操高貴」；緣因他想在古典詩詞之後，走出一條文化傳統與現實世界相融和的路子；也緣因人在生命之「車上」，時空景物的變化何其迅速，一眨眼大好的四十年已「過」了。

此詩，橫跨時空，不但刻畫出唐朝歷經戰亂的遊子之苦痛，也淋漓盡致地刻畫出今日全世界因戰亂而流落他鄉的難民之苦痛。

此詩，情感真摯，深刻引人，乃是名詩人洛夫血淚交織而成的詩篇，也是他所寫過最傑出的詩篇之一。讀者不宜輕易放過。

迷人的光芒——試論羅門的三首詩

盛傳羅門先生豪放不拘，文采華美，是台灣少數具有靈視的「重量級」詩人，也是一位飲譽國際文壇的中國現代詩人。

近日詳詳細細品讀《羅門詩選》，愈讀愈有味，深覺得羅門先生感情真摯而眼光銳利，意象繁富而語言亮麗，幾乎篇篇皆有強大的撞擊力，他善於從生活中擷取題材，從日常接觸的事物中發掘深廣的涵蘊，他的詩沒有拖沓累贅的句子，用字精確，節奏的操縱十分圓融；令人讀後，縈繞腦海。

可以預言，羅門先生許多巨構型作品，將會星斗一樣地均布於歷史的夜空裡，永遠閃爍着迷人的光芒。以下試析他寫於一九七五年〈未完成的隨想曲〉：

人穿衣服
衣服口袋裡放着一張護照

鳥穿天空
天空口袋裡什麼也不放

此篇是作者描述「人」與「鳥」不同的所在，顯露出詩人嚮往大自然的心境，並對高等動物「人類」做了批判。

首段第一行與第二段頂真。主述者勾勒出一個看起來平凡的意象「人穿衣服」「衣服口袋裡放着一張護照」。「衣服」與「口袋」，皆暗喻人類的「拘束」，而「護照」則暗喻人類的「不自由」、「管束限制」。

人，即使蓄積了足夠的財富，同時「口袋裡放着一張護照」，也不能通行無阻地到處亂跑，出國一趟非容易，不但有許多繁文縟節的手續，兼且有種種限制出國者之行程的「因由」。就算沒有這些「限制」，人家准不准我們去，還是一個問題。所以「護照」，也是今日人類的「齷齪」。

二段第一行與第二行頂真。「鳥穿天空」「天空口袋裡什麼也不放」，在此，「穿」乃是雙關，除了表示「鳥」在天空飛行以外，又表示「鳥」將天空當作衣服「穿」了起來。

詩人以自己的觀點，描述「鳥穿天空」，把「天空」擬物化，變成了鳥的「衣服」，意象新穎，令人喜愛。「鳥穿天空」這句詩，觸發人想起豪放之士的「幕天蓆地」，及「泥床風被雨帳」，令人對大自然傾心。

「天空口袋裡什麼也不放」與「衣服口袋裡放着一張護照」對比十分尖銳。「鳥」沒有護照，沒有可資辨識的身份證，卻能夠展開翅膀，隨心所欲地飛東飛西，毫無束縛，更不知道什麼叫做「邊界」，而人類只能生活在一方天地裡，想出一趟遠門，還真不容易呢。這種情景，不能說不是人類的悲哀。

此詩，諷喻褒貶，寓意深遠，寄託了主述者對人類行為的看法，給人很激烈的感受。再看羅門先生另一首〈未完成的隨想曲〉：

牧笛是一條河
　流出乳般的晨光　酒般的晚霞
槍管也是一條河
　流出白色的淚　紅色的血

羅門寫了許多「戰爭主題」的詩。他認為：「透過人類高度的智慧與深入的良知，我們確實感知到戰爭已是構成人類生存困境中，較重大的一個困境，因為它處在『血』與『偉大』的對視中，它的副產品是冷漠且恐怖的『死亡』。」

羅門常以「詩」記錄戰爭的慘酷，也以「詩」對戰爭作出「人類內在性靈沉痛的嘶喊」。

此篇，第一行，詩人以物擬物，把長長的「牧笛」化作形狀相同的「一條河」，予人新的看法、新的感受。第二行，「流出乳般的晨光」「酒般的晚霞」，這裡，「乳」作為「晨光」的明喻，「酒」作為「晚霞」的明喻，「乳」的顏色是白的，而「酒」，顏色則是「紅」的，一方面用來強調大自然的「顏彩」，另一方面則來用形容時間的「變遞」。

在此，「一條河」「流出乳般的晨光」「酒般的晚霞」，讓讀者產生了「河水緩緩地流動」的視覺感受。這和諧的景象使得讀者情柔意迷。

第二段，詩人再次以物擬物，將長長的「槍管」也化作了「一條河」。然而，這條河卻「流出白色的淚」、「紅色的血」，至此，詩中有了十分驚人的意味。「槍管」與「牧笛」對比，「白色的淚」、「紅色的血」與「乳般的晨光」、「酒般的晚霞」對比，造成了詩作的強大張力，也造成了反諷效果。

此詩以「物」傳「心」，前後兩段同樣使用「一條河」這個意象，流出的卻是大不相同的東西，不但暗示了戰爭的可怕，也描繪了人類本身互殺的慘況。

以「白色的淚」與「紅色的血」這兩個冷酷意象顯示戰爭的醜惡面貌，叫人感到「悚慄」。詩人內心的沉痛，藉「牧笛」與「槍管」是「一條河」這個奇喻，精警地表現了出來。

再看羅門寫於一九七〇年的〈送早報者〉：

「昨日」沒有被斃掉
「昨日」坐印刷機偷渡回來了
那是在牛乳瓶的聲響之前
安娜還未游出臂彎之前
他的兩輪車衝在太陽的獨輪車之前
「昨日」像花園被他搬了回來。
人們的眼睛擦亮成瓶子
等着插各色各樣的花

文明開的花　炸彈開的花

上帝愛看或不愛看的花

首段，「昨日」顯然是這世界發生過的大小事件，是經人蒐集的「新聞」，——它就展現在今天的早報上。

作者把「昨日」加以擬人化，描述它沒有被斃掉，坐印刷機偷渡回來了。羅門採用「斃掉」與「偷渡」這樣的字句，實有深刻的寓意。「斃掉」與「偷渡」十分醒目，細味之後，讀者便可察覺戰爭的陰影，在此，詩人暗示這擾攘紛爭的人間，幾乎每天都發生人類互相殺戮的「新聞」。詩人慨歎世界永不太平，在他的眼裡，這「昨日」實在非常幸運，不但沒有被「斃掉」，兼且乘坐印刷機的舟楫「偷渡」成功，回到今天來了。

第二段寫「送早報者」出現的時刻和行動。「那是在牛乳瓶的聲響之前」「安娜還未游出臂灣之前」，意謂天還未亮，送牛奶者還沒有在家家戶戶的門外，把牛奶瓶碰得亂響；安娜還沒有起床，仍在她丈夫的懷抱裡酣睡。這兩句詩，把都市在天際露出魚肚白之前的情景，精妙地刻畫了出來。

「安娜還未游出臂灣之前」，若以異樣的眼光看，這句詩隱含着嘲諷。安娜也可以泛指任何一個賣春女子，正像一條魚似的，還未游出嫖客的臂灣。這句詩，或會讓讀者看到都市醜惡的一面，接觸到「妓女」這個古老的問題。

「他的兩輪車衝在太陽的獨輪車之前，『昨日』像花園被他搬了回來」，這裡，「送早報者」忙碌的景況，躍然紙上，他的兩輪車為何須要與太陽的獨輪車競賽？為何須要每天這樣辛勞地工作？答案只有兩個字：生活。將一座花園似的「昨日」搬回都市，而「搬」東西該出多大的力氣？詩人以「搬」字表明「送早報者」在都市中所扮演的角色，以及「送早報者」的艱辛之狀，可謂非常貼切恰當。

第三段第一行，「人們的眼睛擦亮成瓶子」，主述者將睡醒的人們之眼睛喻作擦亮的「瓶子」。晨起的人例必洗臉、擦眼，擦着擦着，便把眼睛擦亮成「瓶子」了。羅門此句，詩趣盎然，兼且新鮮可感，不落俗套。此段第二行「等着插各色各樣的花」，由於「昨日」像花園被「送早報者」搬了回來，這裡「瓶子」的功用自然是「插花」，而「瓶子」正「等着插各色各樣的花」，讀者一定瞭解詩人所指的是：晨起的人們正「等着閱報」或「等着閱讀『昨日』發生的各種新聞」。

接下來的三、四行，詩人點明了「瓶子」插的是什麼花：「文明開的花，炸彈開的花，上帝愛看或不愛看的花。」是的，除了這些，人們尚奢望插些什麼花呢？

「文明開的花」，使我們想到汽車排出的污氣，也想到手銬、鋼盔、迷幻藥、香水、唇紅、塑膠針筒、槍械，以及被用來製作燦白奶粉的工業酪素……。「炸彈開的花」，雖然好看，卻使我們懼怖、驚恐。在這世界，許多角落仍有熾烈的戰火，因此，我們翻開報紙，總會看到絢麗的「炸彈開的花」。不管「上帝愛看或不愛看的花」，全都插下眼睛的瓶子裡。可知，上帝對世人的所作所為，是怎樣的無奈呀。

此詩，語言簡潔，意象新穎，是一首成功的好詩。

羅門在中國現代詩壇，無疑是風雲人物。他創造了自己獨特的聲音，完成的每篇作品都有超卓的表現，而種種活潑的意象，被他大量地使用着，他的詩有澎湃激越的情緒，也有平穩的情感，不但引起海內外眾多讀者內心的共鳴，也使萬千讀者在細細品讀他的詩作之過程中，產生快感與美感，同時獲得啟示。

他被稱為「重量級」的詩人，印證於他技藝上乘的作品，誠非過譽。

試論羅門的〈週末旅途事件〉

〈週末旅途事件〉全詩分三段，共五十四行。這首詩，時空遊移對映；詩人把他在旅途所見之景像一一回推到過去，從時間上可以想見戰亂期間的「染血彈片」與「逃亡腳步」，從空間上可以望見故國沾了血和灰、黏了陰暗的無限江山。此詩，「疊映」技巧的運用至為高妙：

身穿五顏六色的人群
　帶着都市與假期的心
　　擠滿在月台上
一行披着鬱綠色草原的軍人
　帶着槍枝與戒備的心
　　走着軍步來
把孩童與成人驚異的目光
分開成一條河道
流來我三十多年

不見的長江

進站的汽笛聲
拉着警報來
響來戰爭的年月
一陣慌亂
大家都往防空洞裡逃
坐定下來
竟是觀光號車廂
在西式雙人坐椅上
誰會把朱唇
看成染血的彈片
把跳着迪斯可的輪聲
聽回剛才的軍步
走回逃亡的腳步
那幾枝久未冒血的槍管
轉入都市頻道
已美如餐桌上的

香檳酒瓶

打開來
既是杯光笑影
便不是淚痕了
什錦火鍋上來時
世界還會在戰火上嗎
邊吃邊看的服裝秀
如何去認出炸彈
　開花的原野

往事把車窗
　磨成一片朦朧
一切好近
　又好遠
只是兩小時的車程
竟在記憶裡
走了三十多年
只是鄰座嬰兒醒來的

一陣哭
那位老鄉額上的紋路
已被一排槍炮聲
叫入萬徑人蹤滅
路好累
世界好睏
關上眼門睡一會
只留下那道門縫
陪着三十八度線
天地線
一同去望鄉

首段，採取了前實後虛的方式，以實照虛，以虛映實，透露出詩人歷經戰爭的洗禮，以及表現出「去國多年」的主述者之濃重鄉思。

首段起首三句「身穿五顏六色的人群／帶着都市與假期的心／擠滿在月台上」，這裡，暗示了都市的繁榮，同時暗示出詩人安身之處乃是「豐衣足食」的地方，人人忙碌了一星期，週末便打扮得漂漂亮亮，爭着擠到月台上，想去郊外旅遊一番。

第四、五、六句，「一行披着鬱綠色草原的軍人／帶着槍枝與戒備的心／走着軍步來」，此處，「鬱」字乃是雙關字眼，明寫軍人披着與草原同一顏色的「鬱」綠軍服，暗寫軍人「帶着槍枝」與「戒備的心」，走着「雄赳赳」的軍步來，令人想起戰亂時期的軍人，也令人想見橫屍遍野的慘況，因而使人感到「鬱」悶。

第七、八、九、十句，「把孩童與成人驚異的目光／分開成一條河道／流來我三十多年／不見的長江」，孩童沒有「烽火連三月」的痛苦經驗，所以對出現於車站的威武軍人，流露出「驚異」的目光：難道他們也要去旅行嗎？而成人飽經戰亂，一見到帶槍的軍人，便迅速地聯想到許多令人心悸與令人心碎的戰爭場景，因而流露出「驚異」的目光。接着，「驚異的目光」分開成河道，把「目光」化成可見可感的形象，而「流來我三十多年／不見的長江」，顯示了作者已離家三十多年，也表達了思鄉的情懷。

羅門多次採用對比的手法：一、身穿五顏六色的人群與一行披着鬱綠色草原的軍人相對比；二、帶着都市與假期的心與帶着槍枝與戒備的心相對比；三、孩童與成人驚異的目光相對比。這些強烈的對比，組成了「三角對比」，因而產生出另一種特殊效果。

第二段，一、二、三、四、五句「進站的汽笛聲／拉着警報來／響來戰爭的年月／一陣慌亂／大家都往防空洞裡逃」，是寫出記憶中慌亂地逃避來襲的飛機之情景。詩人技巧地把進站的「汽笛聲」轉化為「警報」，以使時空換位，從而畫出一幅「逃生」圖。詩句中，隱隱顯示出「人命如蟻」的意味。無限感慨，都在言外。

此外，這兩句詩，接納感官交綜移就。由「汽笛聲」而「警報」而「響來戰爭的年月」而「一陣慌亂」而「大家都往防空洞裡逃」，由「聽覺」換位到「視覺」上去了。因而使意象分外活潑生動。古詩中也常見將五官的感受力交換的佳句，例如李賀的「今朝香氣芳，珊瑚澀難枕」（〈賈公閭貴婿曲〉），是將嗅覺的感官，移就味覺上去了。例如李商隱的「燈光冷如水」（〈和鄭愚贈汝陽王孫家箏妓〉），是將訴諸視覺的印象，轉讓觸覺去感受。

第六、七、八、九、十、十一、十二、十三句「坐定下來／竟是觀光號車廂／在西式雙人坐椅上／誰會把朱唇／看成染血的彈片／把跳着迪斯可的輪聲／聽回剛才的軍步／走回逃亡的腳步」，詩人坐定下來，發現他自己不在「防空洞」裡，卻是好好地坐在觀光號車廂，而且坐在西式雙人座椅上。人，坐在「舒服」的座椅上，還會想到苦難的情事嗎？，誰人會把「朱唇」看成「染血的彈片」？誰人又會把「跳着迪斯可的輪聲」，「聽回剛才的軍步」，「走回逃亡的腳步」？其實，在羅門的心裡，早已把真實世界中的「朱唇」，看成了「染血的彈片」，且已把真實世界的「輪聲」，「聽回剛才的軍步」與「走回逃亡的腳步」，將分隔在兩個不同的時間和不同的空間中的事物予以疊映。顯然，詩人時刻忘不了慘烈的戰爭。

「跳着迪斯可的輪聲」，這一句，深得擬人轉化之妙，頗富詩趣。第十一、十二、十三「把跳着迪斯可的輪聲／聽回剛才的軍步／走回逃亡的腳步」，仍是接納感官交綜的運用。由「輪聲」而「剛才的軍步」而「逃亡的腳步」，將訴諸聽覺的感官，移就到視覺上。此外，這三句詩也採用了「疊映」的手法：跳着迪斯可的「輪聲」既是「剛才的軍步」，又是「逃亡的腳步」。

陳陶的〈隴西行〉：「誓掃匈奴不顧身，五千貂錦喪胡塵。可憐無定河邊骨，猶是春閨夢裡人。」後兩句，也是把不同時空予以疊映，而產生了妙意。

第十四、十五、十六、十七、十八、十九、二十句「那幾支久未冒血的槍管／轉入都市頻道／已美如餐桌上的／香檳酒瓶／打開來／既是杯光笑影／便不是淚痕了」，將香檳酒瓶，複映在久未冒血的「槍管」上，令人有新的感知。而打開來，「既是杯光笑影」，「便不是淚痕了」，此處，「笑影」與「淚痕」相對比，前一句寫太平歲月的歡愉，後一句寫戰爭年月的恐怖，「笑影」與「淚痕」一真一幻對比地疊映着，那歎惋之意、今昔之感，遂從映像本身以外湧現了出來。

第廿一、廿二、廿三、廿四、廿五句「什錦火鍋上來時／世界還會在戰火上嗎／邊吃邊看的服裝秀／如何去認出炸彈／開花的原野」，作者再次把「戰火上的世界」複疊在「什錦火鍋」上，把「炸彈開花的原野」複疊在「服裝秀」上，在現實的景象之上，附加了「腦海」中追敘的景象，這些複疊的映像，極為奇警生動。

「什錦火鍋」不但暗示社會的繁榮、人們的富裕，也暗示早年老百姓無日不在「戰火」之上受着煎熬。而在太平盛世，哪有人會從「服裝秀」上，去認出什麼「炸彈開花的原野」呢？詩人的悵痛，令人不堪。

第三段第一、二、三、四、五、六、七句「往事把車窗／磨成一片朦朧／一切好近／又好遠／只是兩小時的車程／竟在記憶裡／走了三十多年」，這裡，「往事」是彈片、防空洞、遍野的死屍、染血的山河、饑寒與哀號，也是逃亡、去國離鄉、寥落、寂寞……主述者在車廂裡思憶起「往事」，便不由自主地「涕零」了，而詩人「淚眼」看車窗，頓覺車窗被「往事」磨成「一片朦朧」了。這一片朦朧的車窗，有廣大沾血的江山和三十多年濃重的鄉愁！「一片好近」，過去種種，只如「前日」才發生的事啊，但「又好遠」，實際上，那些永生忘不了的「往事」，已遠隔了三十多年。僅僅「兩小時的車程」，詩人卻穿越時空，「走了三十多年」，回到了戰亂時期，而重新目睹種種民生的艱苦……。使人感受到詩人心中低迴沉痛之思。

此處，「一切好近／又好遠」，「只是兩小時的車程／竟在記憶裡／走了三十多年」，皆是矛盾逆折的語法。作者在極短的距離間，將兩個衝突的意思融合一起，以造成詩句的警策。

第八、九、十、十一、十兩句「只是鄰座嬰兒醒來的／一陣哭／那位老鄉額上的紋路／已被一排槍炮聲／叫入萬徑人蹤滅」，這裡，「嬰兒醒來的一陣哭」是「一排槍炮聲」，而「槍炮聲」把「老鄉額上的紋路」「叫入萬徑人蹤滅」，暗示了人與人的阻隔，及老鄉心中的孤絕感。戰爭的槍炮，使人們親朋失散、離鄉背井，造成了人與人的阻隔，也造成老鄉的孤絕。柳宗元的〈江雪〉：「千山鳥飛絕，萬徑人蹤滅。孤舟簑笠翁，獨釣寒江雪」，首兩句，寫一幅冰酷嚴寒、毫無生氣的雪景。而一個人置身於大雪霏霏，飛鳥絕跡的空廓的千山裡，那是何等的孤絕啊。

此處，詩人情感投射，改造事物，把端坐在鄰座的那位老鄉，說成「額上的紋路／已被一排槍炮聲／叫入萬徑人蹤滅」，正說明了作者自己心中的孤絕感。

第十三、十四、十五、十六、十七、十八、十九句「路好累／世界好睏／關上眼門睡一會／只留下那道門縫／陪着三十八度線／天地線／一同去望鄉」，詩人導情入物，將「路」與「世界」人格化，讓「路」與「世界」因飽經戰亂及流離之苦痛，而覺得好累好睏。詩人不說他自己身心俱疲，只說「路好累」，「世界好睏」，語意是含蓄的。所謂「以我觀物，物皆着我之色彩」，這種移情作用的詩句，很能造成詩趣，及撼動讀者的性靈。接下來，詩人閉上了眼門，想睡一會，但他心中一直映着「染血的山河」，所以就算閉上了眼門，仍要留下「那道門縫」去不住地望鄉。詩人說「那道門縫」，陪着「三十八度線」與「天地線」，「一同去望鄉」，強烈地暗示他的「鄉愁」，及對「和平的日子」的「渴望」。

此詩，寫來真摯，語意悽婉，意象歷歷鮮明。「今昔」之對比，既反映出戰亂中民生的苦況，又烘托出作者「懷鄉」及「傷時感世」之心境，是一幅能使小中見大，含蘊不盡的人世之滄桑變化圖。

名詩人羅門的高乘之作數見不鮮，此篇尤勝，讀者不宜輕易放過。

新鋭文叢19　PG0841

新鋭文創
INDEPENDENT & UNIQUE

華文現代詩鑑賞

作　　者	林泉、李怡樂、和權
主　　編	楊宗翰
責任編輯	黃姣潔
圖文排版	彭君如
封面設計	王嵩賀

出版策劃	新鋭文創
發 行 人	宋政坤
法律顧問	毛國樑　律師
製作發行	秀威資訊科技股份有限公司 114 台北市內湖區瑞光路76巷65號1樓 電話：+886-2-2796-3638　傳真：+886-2-2796-1377 服務信箱：service@showwe.com.tw http://www.showwe.com.tw
郵政劃撥	19563868　戶名：秀威資訊科技股份有限公司
展售門市	國家書店【松江門市】 104 台北市中山區松江路209號1樓 電話：+886-2-2518-0207　傳真：+886-2-2518-0778
網路訂購	秀威網路書店：http://www.bodbooks.com.tw 國家網路書店：http://www.govbooks.com.tw

出版日期	2012年10月　一版
定　　價	340元

Printed in Taiwan

國家圖書館出版品預行編目

華文現代詩鑑賞 / 林泉, 李怡樂, 和權著. -- 一版. -- 臺北市：新稅文創, 2012.10

面；　公分. --（語言文學類；PG0841）

BOD版

ISBN　978-986-5915-23-0（平裝）

1.新詩 2.詩評

850.951　　101019679

讀者回函卡

感謝您購買本書，為提升服務品質，請填妥以下資料，將讀者回函卡直接寄回或傳真本公司，收到您的寶貴意見後，我們會收藏記錄及檢討，謝謝！
如您需要了解本公司最新出版書目、購書優惠或企劃活動，歡迎您上網查詢或下載相關資料：http:// www.showwe.com.tw

您購買的書名：________________________________

出生日期：________年________月________日

學歷：□高中（含）以下　□大專　□研究所（含）以上

職業：□製造業　□金融業　□資訊業　□軍警　□傳播業　□自由業
　　　□服務業　□公務員　□教職　□學生　□家管　□其它____

購書地點：□網路書店　□實體書店　□書展　□郵購　□贈閱　□其他

您從何得知本書的消息？
□網路書店　□實體書店　□網路搜尋　□電子報　□書訊　□雜誌
□傳播媒體　□親友推薦　□網站推薦　□部落格　□其他________

您對本書的評價：（請填代號　1.非常滿意　2.滿意　3.尚可　4.再改進）
封面設計____　版面編排____　內容____　文／譯筆____　價格____

讀完書後您覺得：
□很有收穫　□有收穫　□收穫不多　□沒收穫

對我們的建議：________________________________

____

____

____

請貼
郵票

11466
台北市內湖區瑞光路 76 巷 65 號 1 樓
秀威資訊科技股份有限公司 收
BOD 數位出版事業部

....

（請沿線對折寄回，謝謝！）

姓　名：________________　年齡：________　性別：□女　□男

郵遞區號：□□□□□

地　址：____

聯絡電話：(日) ________________ (夜) ________________

E-mail：____